TRANZLATY

Language is for everyone

Мова для всіх

The Call of Cthulhu

Поклик Ктулху

H.P. Lovecraft

Г. Ф. Лавкрафт

English

Українська

www.tranzlaty.com

The Horror Made of Clay
Жах, зроблений з глини

There is one thing I find particularly merciful.

Є одна річ, яку я вважаю особливо милосердною.

The inability of the human mind to correlate events.

Нездатність людського розуму співвідносити події.

It's a blessing that we can't understand the world.

Це благословення, що ми не можемо зрозуміти світ.

We live blissfully on a placid island of ignorance.

Ми щасливо живемо на спокійному острові невігластва.

An island in the midst of black seas of infinity.

Острів посеред чорних морів безмежності.

And it was not meant that we should voyage far.

І не малося на увазі, що ми маємо подорожувати далеко.

The sciences each strain in their own directions.

Кожна з наук розвивається у своєму власному напрямку.

But hitherto science's findings have harmed us little.

Але досі наукові відкриття мало нам зашкодили.

But some day dissociated knowledge will be pieced together.

Але колись розрізнені знання зберуться докупи.

Terrifying vistas of reality will open up to us.

Перед нами відкриються жахливі перспективи реальності.

And we will be left in a frightful vantage point.

І ми опинимося у жахливій вигідній позиції.

We will either go mad from the revelation we are given.

Ми або збожеволіємо від даного нам одкровення.

Or we will flee from the deadly light that we will see.

Або ж ми втечемо від смертельного світла, яке побачимо.

We will run from the knowledge we had always pursued.

Ми втечемо від знань, яких завжди прагнули.

And we will seek the peace and safety of a new dark age.

І ми прагнутимемо миру та безпеки нової темної доби.

Theosophists have guessed at the scale of the cosmos.

Теософи здогадувалися про масштаби космосу.

Our world is but a transient incident in this cycle.

Наш світ — лише тимчасовий випадок у цьому циклі.

The human race plays but a little role in the universe.

Людський рід відіграє лише незначну роль у Всесвіті.

The theosophists have hinted at strange methods of survival.

Теософи натякали на дивні методи виживання.

But their suggestions would freeze a rational man's blood.

Але їхні пропозиції заморозили б кров у будь-якої розсудливої людини.

Only the optimism of their ideas hides the horror.

Лише оптимізм їхніх ідей приховує жах.

But it is not their ideas that chill me the most.

Але найбільше мене лякають не їхні ідеї.

It is something else that fills me with terror.

Це ще щось, що мене сповнює жахом.

The single glimpse of forbidden eons I have seen.

Єдиний проблиск заборонених віків, який я бачив.

When I think of what I saw my blood stands still.

Коли я думаю про те, що я побачив, у мене кров завмирає.

Restlessness plagues my dreams since that glimpse.

Неспокій мучить мої сни з того моменту, як я побачив це.

It came to me like all dreaded glimpses of truth.

Це прийшло до мене, як усі жахливі проблиски істини.

An accidental piecing together of separated things.

Випадкове з'єднання окремих речей.

An old newspaper item and the notes of a dead professor.

Стара газетна стаття та нотатки померлого професора.

In a flash everything was pieced together before me.

В одну мить все склалося переді мною докупи.

I hope no one else will accomplish this terrible insight.

Сподіваюся, що ніхто більше не здійснить цього жахливого відкриття.

Certainly, if I live, I shall never help anyone to know it.

Звичайно, якщо я житиму, я ніколи нікому не допоможу це дізнатися.

I shall never knowingly supply a link in so hideous a chain.

Я ніколи свідомо не стану ланкою в такому жахливому ланцюгу.

I think that the professor, too, intended to keep silent.

Гадаю, професор також мав намір промовчати.

He didn't mean to share the secrets that he knew.

Він не хотів ділитися секретами, які знав.

And I'm sure he would have destroyed his notes.

І я впевнений, що він би знищив свої нотатки.

If he had not been seized by sudden and suspicious death.

Якби його не спіткала раптова та підозріла смерть.

***

My knowledge of the thing began in the winter of 1926-27.

Моє знайомство з цим явищем почалося взимку 1926-27 років.

My great-uncle was the professor George Gammell Angell.

Моїм двоюрідним дідом був професор Джордж Гаммелл Енджелл.

He was the Professor Emeritus of Semitic languages.

Він був почесним професором семітських мов.

He lectured in Brown University, Providence, Rhode Island.

Він читав лекції в Університеті Брауна в Провіденсі, штат Род-Айленд.

His death, at the age of ninety-two, triggered the event.

Його смерть у віці дев'яноста двох років стала поштовхом до цієї події.

He was widely known as an authority on ancient inscriptions.

Він був широко відомий як знавець стародавніх написів.

Heads of prominent museums came to him for his expertise.

Керівники відомих музеїв зверталися до нього за експертною допомогою.

So his death was noticed by many within academic circles.

Тож його смерть помітили багато хто в академічних колах.

Interest was intensified by the obscurity of his death.

Інтерес посилився невідомістю про його смерть.

It occurred as he was disembarking from the Newport boat.

Це сталося, коли він виходив з ньюпортського човна.

Witnesses say a dark nautical-looking fellow had jostled him.

Свідки кажуть, що його штовхнув темноволосий чоловік морської зовнішності.

After being stricken, he fell suddenly, witnesses say.

Після удару він раптово впав, кажуть очевидці.

Physicians were unable to find any visible disorder.

Лікарі не змогли виявити жодних видимих порушень.

After some perplexed debate they reached their conclusion.

Після деяких заплутаних дебатів вони дійшли свого висновку.

"It must have been a lesion of the heart," they agreed.

«Мабуть, це було ураження серця», – погодилися вони.

"After all, he was rather an elderly man," they added.

«Зрештою, він був досить літньою людиною», – додали вони.

"the brisk ascent of the steep hill caused his end."

«швидкий підйом на крутий пагорб спричинив його кінець».

At the time I saw no reason to dissent from this dictum.

На той час я не бачив жодних причин не погоджуватися з цим висловом.

But latterly I am inclined to wonder about their conclusion.

Але останнім часом я схильний замислитися над їхнім висновком.

And I do more than just wonder if they were right.

І я не просто розмірковую, чи мали вони рацію.

***

My grand-uncle died alone as a childless widower.

Мій двоюрідний дідусь помер один, залишившись бездітним удівцем.

And so I became heir and executor to his possessions.

І так я став спадкоємцем і виконавцем його майна.

So I was expected to go over his papers and writings.

Тож від мене очікували, що я перегляну його документи та твори.

I moved his entire set of files and boxes to my Boston home.

Я перевіз увесь його комплект файлів та коробок до свого будинку в Бостоні.

Much of the materials I collected will later be published.

Багато зібраних мною матеріалів будуть опубліковані пізніше.

Many academics in his field took great interest in his work.

Багато науковців у його галузі виявляли великий інтерес до його роботи.

The American archeological society relied on him greatly.

Американське археологічне товариство дуже покладалося на нього.

But there was one box which I found exceedingly puzzling.

Але була одна коробка, яка мене надзвичайно здивувала.

I felt much averse from showing these files to other eyes.

Мені було дуже неприємно показувати ці файли іншим.

The box had been locked, unlike the other boxes.

Скринька була замкнена, на відміну від інших скриньок.

And initially I found no key that would open this box.

І спочатку я не знайшов ключа, який би відкрив цю скриньку.

But then the location of the key occurred to me.

Але потім мені спало на думку місцезнаходження ключа.

The professor always carried a keyring in his pocket.

Професор завжди носив у кишені брелок.

It was indeed one of these keys that opened the box.

Це справді був один із цих ключів, який відчинив скриньку.

But in the box was a still more closely locked barrier.

Але в коробці була ще щільніше замкнена перегородка.

What could be the meaning of the queer bas-relief?

Що може означати цей дивний барельєф?

Various paper cuttings accompanied the bas-relief.

Барельєф супроводжували різні паперові вирізки.

What did the disjointed jottings and ramblings allude to?

На що натякали ці уривчасті нотатки та роздуми?
Had my uncle become credulous to superficial impostures?
Невже мій дядько став довірливим до поверхового обману?
Perhaps in his later years his criticalness thought slowed.
Можливо, в пізніші роки його критичне мислення зменшився.
Someone had disturbed this old man's peace of mind.
Хтось порушив душевний спокій цього старого чоловіка.
And so I resolved to locate the eccentric sculptor.
І тому я вирішив знайти цього ексцентричного скульптора.
The man who set in motion my uncle's strange obsession.
Чоловік, який дав початок дивній одержимості мого дядька.

*****

The bas-relief was roughly shaped like a rectangle.
Барельєф мав приблизно прямокутну форму.
The rectangular shape was less than an inch thick.
Прямокутна форма мала товщину менше дюйма.
And the bas-relief was about five by six inches in area.
А барельєф мав площу приблизно п'ять на шість дюймів.
It was obvious that the bas-relief was of modern origin.
Було очевидно, що барельєф має сучасне походження.
The designs, however, were far from modern in atmosphere.
Однак, дизайн був далекий від сучасного за атмосферою.
The inscriptions suggested a far older civilization.
Написи свідчили про набагато давнішу цивілізацію.
The vagaries of cubism and futurism were many and wild.
Примхи кубізму та футуризму були численні та шалені.
But normally such patterns fail to produce regularity.
Але зазвичай такі закономірності не забезпечують регулярності.
The cryptic regularity which lurks in prehistoric writing.

Загадкова закономірність, що приховується в доісторичному письмі.

This regularity was certainly present in the bas-relief.

Ця закономірність безумовно була присутня в барельєфі.

I was certain the inscriptions represented a writing system.

Я був певен, що написи представляють певну систему письма.

I had some familiarity with the papers of my uncle.

Я був дещо знайомий з документами мого дядька.

And I had looked through all of his collections and works.

І я переглянув усі його колекції та роботи.

But I failed to find any writing that was similar.

Але мені не вдалося знайти жодного подібного тексту.

I could not geographically place this alphabet in any way.

Я ніяк не міг географічно розмістити цей алфавіт.

Nor could I guess from what time this writing came from.

Я також не міг здогадатися, з якого часу походить цей текст.

Above these apparent hieroglyphics there was a figure.

Над цими очевидними ієрогліфами була фігура.

The figure was evidently only of pictorial intent.

Фігура, очевидно, мала лише образотворчий намір.

The impressionism of the picture added to the mystery.

Імпресіонізм картини додавав таємничості.

No clear idea of the creature's nature could be discerned.

Не можна було чітко зрозуміти природу цієї істоти.

The creature seemed to be a monster, of some sort.

Істота здавалася якимось монстром.

Or the symbol represented a monster, of some sort.

Або ж символ представляв якогось монстра.

Only a diseased mind could conceive of such a form.

Тільки хворий розум міг уявити собі таку форму.

My imagination yielded different pictures simultaneously.

Моя уява одночасно породжувала різні картини.

But my imagination may also be somewhat extravagant.

Але моя уява також може бути дещо екстравагантною.

An octopus, a dragon, and also a human caricature.

Восьминіг, дракон, а також карикатура на людину.

I shall try not be unfaithful to the spirit of the thing.

Я постараюся не зрадити духу цієї речі.

A pulpy, tentacled head surmounted a scaly body.

М'ясиста голова з щупальцями вінчала лускате тіло.

Rudimentary wings protruded from the grotesque shape.

З гротескної форми стирчали рудиментарні крила.

But the shape of the monster wasn't even the worst part.

Але форма монстра була навіть не найгіршою частиною.

The background of the picture was even more frightening.

Фон картини був ще страшнішим.

The scenery had a vague suggestion of another civilization.

Пейзаж ледь помітно натякав на іншу цивілізацію.

Cyclopean architecture from a forgotten part of the world.

Циклопічна архітектура із забутої частини світу.

***

Only some notes and press cuttings accompanied the oddity.

Лише деякі нотатки та вирізки з газет супроводжували цю дивацтво.

The press cuttings seemed to be only vaguely related.

Здавалося, що вирізки з преси мали лише віддалений зв'язок.

The hand written notes were all from my uncle.

Усі рукописні нотатки були від мого дядька.

But his notes made no pretense to any literary style.

Але його нотатки не претендували на якийсь літературний стиль.

There was no ordering mechanism to any of the papers.

Не було механізму замовлення жодної з робіт.

Although there seemed to be a master document to the notes.

Хоча, здавалося, до нотаток був якийсь головний документ.

This document was ascribed to the cult of Cthulhu

Цей документ приписували культу Ктулху.

The word's letters had been painstakingly written out.

Літери слова були ретельно виписані.

There should be no erroneous reading of the unheard of word.

Не повинно бути помилкового прочитання нечуваного слова.

This Cthulhu manuscript was divided into two sections;

Цей рукопис Ктулху був поділений на дві частини;

The first manuscript was titled the following:

Перший рукопис мав таку назву:

"1925 - Dream and Dream Work of H. A. Wilcox"

«1925 – Мрія та робота над мріями Г. А. Вілкокса»

"7 Thomas St., Providence, Road Island"

7, Томас-стріт, Провіденс, Роуд-Айленд

And the second manuscript was titled the following:

А другий рукопис мав таку назву:

"Narrative of Inspector John R. Legrasse"

«Розповідь інспектора Джона Р. Леграсса»

"121 Bienville St., New Orleans, 1908 Meetings."

«121 Б'єнвіль-стріт, Новий Орлеан, Зустрічі 1908 року».

"Notes on Same, & Prof. Webb's account of events"

«Нотатки про це та розповідь професора Вебба про події»

The other manuscript papers were all brief notes.

Усі інші рукописи були короткими нотатками.

Some manuscripts described the queer dreams of different persons.

У деяких рукописах описувалися дивні сни різних людей.

Some manuscripts cited from theosophical books and magazines.

Деякі рукописи цитовані з теософських книг та журналів.

Notably, most of these citations were from W. Scott-Eliott.

Примітно, що більшість цих цитат були взяті з В. Скотта-Еліотта.

Mainly the notes referenced Atlantis and the Lost Lemuria.

В основному в нотатках згадувалися Атлантида та Загублена Лемурія.

The other notes commented on long-surviving secret societies.

В інших нотатках коментувалися таємні товариства, що існували здавна.

Hidden cults that may or may not still exist somewhere.

Приховані культи, які можуть десь існувати, а можуть і ні.

Two books seemed to provide most of the information;

Здавалося, що дві книги надали більшість інформації;

Miss Murray's Witch-Cult in Western Europe.

Культ відьом міс Мюррей у Західній Європі.

This book thoroughly detailed Mythological sources.

У цій книзі детально розглянуто міфологічні джерела.

And Frazer's Golden Bough provided anthropological sources.

А «Золота гілка» Фрейзера надала антропологічні джерела.

***

The cuttings largely alluded to outré mental illnesses.

У вирізках здебільшого йшлося про випадки психічних захворювань.

Outbreaks of group folly and mania in the spring of 1925.

Спалахи групового безумства та манії навесні 1925 року.

The first half of the manuscript told a very peculiar tale.

Перша половина рукопису розповідала дуже своєрідну історію.

1925, the 1st of March, a thin dark young man came to my uncle.

1 березня 1925 року до мого дядька прийшов худий темноволосий юнак.

The manuscript describes his neurotic and excited aspect.

У рукописі описується його невротичний та збуджений вигляд.

And he bore with him the strange bas-relief.

І він поніс із собою дивний барельєф.

At that time the bas-relief was exceedingly damp and fresh.

У той час барельєф був надзвичайно вологим і свіжим.

His card bore the name of Henry Anthony Wilcox.

На його візитній картці було написано ім'я Генрі Ентоні Вілкокса.

And my uncle had slightly recognized who he was.

І мій дядько ледь упізнав його.

He was the youngest son of an excellent family.

Він був наймолодшим сином у чудовій родині.

Latterly he had been studying sculpture at Rhode Island.

Останнім часом він вивчав скульптуру в Род-Айленді.

He lived alone at the Fleur-de-Lys Building.

Він жив сам у будинку Флер-де-Ліс.

His residences were near the university.

Його резиденції були поблизу університету.

Wilcox was a precocious youth of known genius.

Вілкокс був не по роках розвиненим юнаком, відомим генієм.

But he was also known for his great eccentricity.

Але він також був відомий своєю великою ексцентричністю.

From childhood he had excited the attention of others.

З дитинства він привертав увагу оточуючих.

He told of strange stories no one had told him about.

Він розповідав дивні історії, про які йому ніхто не розповідав.

And he was in the habit of relating strange dreams.

І він мав звичку розповідати дивні сни.

He described himself as "psychically hypersensitive".

Він описував себе як «психологічно надчутливу людину».

But those around him had other descriptions for him.

Але оточуючі мали інші описи для нього.

They were staid folk of the ancient commercial city.

Вони були спокійними людьми стародавнього торгового міста.

And they dismissed him as merely strange and "queer".

І вони відкинули його, назвавши просто дивним та «дивним».

And so he never mingled much with his kind.

І тому він ніколи не спілкувався з собі подібними.

And he had dropped gradually from social visibility.
І він поступово зникав із соціальної видимості.
Now he is known only to a small group of esthetes.
Зараз він відомий лише невеликій групі естетів.
And those who knew him came mostly from other towns.
А ті, хто його знав, були здебільшого з інших міст.
Even the Providence art club had found him quite hopeless.
Навіть художній клуб Провіденса вважав його зовсім безнадійним.
Of course they were anxious to preserve their conservatism.
Звісно, вони прагнули зберегти свій консерватизм.

***

The professor's manuscript continued to describe the visit.
Рукопис професора продовжував описувати візит.
The sculptor abruptly asked for his host's archeological knowledge.
Скульптор різко запитав господаря про його знання археології.
He wanted him to identify the hieroglyphics on the bas-relief.
Він хотів, щоб той розпізнав ієрогліфи на барельєфі.
He spoke in a dreamy and rather stilted manner.
Він говорив мрійливо та дещо нахабно.
His speech suggested pose and alienated sympathy.
Його промова натякала на позування та відчужене співчуття.
And my uncle showed some sharpness in his reply.
І мій дядько виявив певну гостроту у своїй відповіді.
Because the bas-relief was still conspicuously freshness.
Бо барельєф все ще мав помітну свіжість.
So there was no need for any kinship with archeology.
Тож не було потреби в жодному зв'язку з археологією.
Young Wilcox's rejoinder was of a fantastically poetic cast.
Відповідь молодого Вілкокса була фантастично поетичною.

My uncle must have been impressed with the reply.

Мій дядько, мабуть, був вражений відповіддю.

And he recorded the reply of Wilcox verbatim.

І він записав відповідь Вілкокса дослівно.

"The bas-relief is indeed still conspicuously fresh."

«Барельєф справді ще помітно свіжий».

"Because I made this bas-relief last night, after a dream."

«Бо я зробив цей барельєф минулої ночі, після сну».

"A dream of strange cities and stranger people."

«Мрія про дивні міста та дивніших людей».

"And dreams are older than brooding Tyros."

«А мрії старші за похмурих Тиросів».

"Dreams are older than the contemplative Sphinx."

«Сни старші за споглядального Сфінкса».

"And dreams are older than the garden-girdled Babylon."

«А сни старші за Вавилон, оперезаний садами».

This type of speech turned out to be characteristic of him.

Такий тип мовлення виявився для нього характерним.

It was then that he began that rambling tale.

Саме тоді він і почав цю нескладну історію.

The tale which suddenly played upon a sleeping memory.

Історія, що раптово оживила сплячий спогад.

The tale that won the fevered interest of my uncle.

Історія, яка викликала гарячковий інтерес мого дядька.

***

There had been a slight earthquake tremor the night before.

Напередодні ввечері стався невеликий землетрус.

The most considerable tremor New England had felt for some years.

Найсильніший землетрус, який Нова Англія відчувала за кілька років.

Wilcox's imagination had been keenly affected by the earthquake.

Уява Вілкокса була сильно вражена землетрусом.

He had had an unprecedented dream of great Cyclopean cities.

Йому наснився небачений сон про великі циклопічні міста.

He dreamed of Titan blocks and sky-flung monoliths.

Йому снилися титанові блоки та моноліти, що височіли в небесах.

All the architecture was dripping with green ooze.

Вся архітектура була просякнута зеленим мулом.

And his dreams were sinister with latent horror.

А його сни були зловісні від прихованого жаху.

Hieroglyphics had covered the walls and pillars.

Ієрогліфи покривали стіни та колони.

From somewhere underneath there came a sound.

Звідкись знизу долинав звук.

The sound was of a voice, but it was not a voice.

Звук був голосом, але це не був голос.

A chaotic sensation which only fancy could transmute into sound.

Хаотичне відчуття, яке лише уява могла перетворити на звук.

He attempted to say the almost unpronounceable word.

Він спробував вимовити майже невимовне слово.

A jumble of unlikely letters; "Cthulhu fhtagn".

Нагромадження неправдоподібних літер; «Ктулху фхтагн».

This verbal jumble was the key to my uncle's recollection.

Цей словесний безлад був ключем до спогадів мого дядька.

This strange sound excited and disturbed Professor Angell.

Цей дивний звук схвилював і збентежив професора Енджелла.

He questioned the sculptor with scientific minuteness.

Він розпитував скульптора з науковою точністю.

He studied the bas-relief with almost frantic intensity.

Він вивчав барельєф майже з шаленою пильністю.

My uncle blamed his old age, Wilcox afterward said.

Мій дядько звинувачував у цьому свою старість, сказав потім Вілкокс.

In his younger days he would have recognized the hieroglyphics.

У молодості він би розпізнав ієрогліфи.

The pictorial design wouldn't have puzzled his sharper mind.

Малюнок не збентежив би його гостріший розум.

Many of his questions seemed highly out of place to his visitor.

Багато його запитань здалися гостю вкрай недоречними.

He tried to connect him to strange mythological cults.

Він намагався пов'язати його з дивними міфологічними культами.

He tried to get him to admit affiliation to secret societies.

Він намагався змусити його зізнатися у приналежності до таємних товариств.

My uncle even promised to keep his visitor's secret.

Мій дядько навіть пообіцяв зберегти таємницю свого гостя.

"Are you not part of a widespread mystical group?"

«Хіба ви не належите до якоїсь поширеної містичної групи?»

"Are you not a member of a paganly religious body?"

«Хіба ви не належите до язичницької релігійної спільноти?»

Eventually he became convinced the sculptor wasn't a member.

Зрештою він переконався, що скульптор не був членом організації.

He was indeed ignorant of any cult or system of cryptic lore.

Він справді не знав жодного культу чи системи загадкових знань.

He besieged his visitor with demands for future reports of dreams.

Він засипав свого відвідувача вимогами розповідати йому про сни в майбутньому.

This strange request bore regular and interesting fruit.

Це дивне прохання принесло регулярні та цікаві плоди.

***

After the first interview the manuscript records daily calls.

Після першого інтерв'ю рукопис записує щоденні дзвінки.

He related startling fragments of nocturnal imagery.

Він переповів вражаючі фрагменти нічних образів.

There were always the same themes in his dreams.

У його снах завжди були одні й ті ж теми.

A terrible Cyclopean vista of dark and dripping stone.

Жахливий циклопічний краєвид темного та мокрого каміння.

A subterranean voice or intelligence shouting monotonously.

Підземний голос або інтелект, що монотонно кричить.

Two sounds seemed to repeat themselves in his dreams.

У його снах ніби повторювалися два звуки.

But these sounds were as enigmatic as the other sounds.

Але ці звуки були такими ж загадковими, як і інші звуки.

The sounds can only be rendered by the letters "Cthulhu" and "R'lyeh".

Звуки можна відтворити лише літерами «Ктулху» та «Р'льєх».

On March 23rd, the manuscript continued, Wilcox failed to come.

23 березня, як йшлося далі в рукописі, Вілкокс не прийшов.

My uncle made inquiries at the quarters of his whereabouts.

Мій дядько розпитав у його помешканні про місцеперебування.

That night he had been stricken with an obscure sort of fever.

Тієї ночі його вразила якась незрозуміла лихоманка.

And he was taken to the home of his family in Waterman Street.

І його відвезли до будинку його родини на вулиці Вотерман.

That night he had cried out in one of his dreams.

Тієї ночі він плакав в одному зі своїх снів.

His cries aroused several other artists in the building.

Його крики розбудили кількох інших художників у будівлі.

And he was between alternations of unconsciousness and delirium.

І він перебував між чергуваннями непритомності та марення.

My uncle at once telephoned the family of Wilcox.

Мій дядько негайно зателефонував родині Вілкоксів.

And from that time forward he kept close watch of the case.

І з того часу він пильно стежив за цією справою.

He called often at the Thayer Street office of Dr. Tobey.

Він часто навідувався до кабінету доктора Тобі на Тейєр-стріт.

Dr. Tobey was in charge of the patient's condition.

Доктор Тобі відповідав за стан пацієнта.

The youth's febrile mind was dwelling on strange things.

Гарячковий розум юнака зациклювався на дивних речах.

The doctor shuddered now and then as he spoke of the dreams.

Лікар час від часу здригався, розповідаючи про сни.

The dreams repeated a lot of the earlier themes.

У снах повторювалося багато попередніх тем.

But now his dreams made mention of something new.

Але тепер його сни згадували щось нове.

A gigantic thing "a miles high" which walked, or lumbered about.

Гігантська істота «заввишки в милю», яка ходила або важко пересувалися.

He at no time fully described this object in any detail.

Він жодного разу повністю та детально не описав цей об'єкт.

But Dr. Tobey relayed the frantic words of his patient.

Але доктор Тобі передав шалені слова свого пацієнта.
And the professor became increasingly certain of what it was.
І професор дедалі більше переконувався, що це таке.
The nameless monstrosity he had sought to depict in his sculpture.
Безіменну потворність, яку він прагнув зобразити у своїй скульптурі.
The doctor had mentioned the bas-relief he had made.
Лікар згадав про барельєф, який він зробив.
This mention preludes the young man's subsidence into lethargy.
Ця згадка передує зануренню юнака в летаргію.
His temperature, oddly enough, was not greatly above normal.
Як не дивно, його температура не сильно перевищувала норму.
But his general condition suggested he was in a fever.
Але його загальний стан свідчив про те, що в нього лихоманка.
A fever, as opposed to being in the grasp of a mental disorder.
Лихоманка, на відміну від перебування у полоні психічного розладу.

***

On April 2nd at about 3 p.m. the fever came to an end.
2 квітня, близько 15:00, лихоманка закінчилася.
Every trace of Wilcox's malady suddenly ceased.
Будь-який слід хвороби Вілкокса раптово зник.
He sat upright in bed as if waking up from regular sleep.
Він сидів прямо в ліжку, ніби прокинувся від звичайного сну.
He was astonished to find himself at his parents' home.
Він був здивований, опинившись у будинку батьків.
And he was completely ignorant of what had happened.

І він був абсолютно не усвідомлений того, що сталося.

Neither dream nor reality had made an impression on his mind.

Ні сон, ні дійсність не справили враження на його розум.

Dr. Tobey pronounced him fit to be dismissed from his care.

Доктор Тобі визнав його придатним до виписки з-під нагляду.

And he returned to his quarters three days later.

А через три дні він повернувся до своєї квартири.

But to Professor Angell he was of no further assistance.

Але професору Енджеллу він більше не був корисним.

All traces of strange dreaming had vanished with his recovery.

Усі сліди дивних сновидінь зникли з його одужанням.

For a week he recounted irrelevant and thoroughly usual visions.

Протягом тижня він розповідав недоречні та цілком звичайні видіння.

And my uncle kept no further record of his night-thoughts.

І мій дядько більше не записував своїх нічних думок.

At this point the first part of the manuscript ended.

На цьому перша частина рукопису закінчувалася.

But my research was still anything but concluded.

Але моє дослідження все ще було далеко не завершене.

References to scattered notes helped piece things together.

Посилання на розрізнені нотатки допомогли зібрати все докупи.

And there was more than enough material for thought.

І матеріалу для роздумів було більш ніж достатньо.

My distrust of the artist had still not subsided.

Моя недовіра до художника все ще не вщухла.

But this was largely a result of my ingrained skepticism.

Але це було значною мірою результатом мого вкоріненого скептицизму.

The notes described the dreams of various persons.

У нотатках описувалися сни різних людей.

These dreams all occurred while young Wilcox was in his
fever.

Усі ці сни снилися, коли юний Вілкокс був у лихоманці.

My uncle, it seems, wasted no time in collecting the data.

Здається, мій дядько не гаяв часу на збір даних.

He had quickly instituted a prodigiously far-flung body of
inquiries.

Він швидко розпочав надзвичайно широкий спектр
розслідувань.

Any friend that didn't show impertinence he questioned.

Він допитував будь-якого друга, який не виявляв
зухвалості.

He requested from them nightly reports of their dreams.

Він просив їх розповідати про свої сни щоночі.

And he asked if they had had any notable visions of late.

І він запитав, чи були у них якісь помітні видіння останнім
часом.

The reception of his request seems to have been varied.

Здається, що на його прохання поставилися по-різному.

But there was certainly no shortage in replies.

Але відповідей точно не бракувало.

No ordinary man could have handled the replies alone.

Жодна звичайна людина не змогла б впоратися з
відповідями самотужки.

The original correspondences were not preserved.

Оригінальні листи не збереглися.

But his notes formed a thorough and significant digest.

Але його нотатки склали ґрунтовний і змістовний
дайджест.

***

Initially he had approached average people in society.

Спочатку він звертався до пересічних людей у суспільстві.

New England's traditional "salt of the earth".

Традиційна «сіль землі» Нової Англії.

But this group gave an almost completely negative result.

Але ця група дала майже повністю негативний результат.

Though there were some exceptions to this group too.

Хоча й у цій групі були деякі винятки.

Scattered cases of uneasy but formless nocturnal impressions.

Розрізнені випадки тривожних, але безформних нічних вражень.

Their reports were always between March 23rd and April 2nd.

Їхні звіти завжди були подані між 23 березня та 2 квітня.

This aligned with the same period of young Wilcox's delirium.

Це збігалося з тим самим періодом марення молодого Вілкокса.

Men of science had been only a little more affected.

На науковців це вплинуло лише трохи більше.

Though four cases of vague description were of interest.

Хоча чотири випадки з нечітким описом були цікавими.

They had had fugitive glimpses of strange landscapes.

Вони бачили мимохідь дивні краєвиди.

And in one case a dread of something abnormal was mentioned.

А в одному випадку згадувався страх перед чимось ненормальним.

It was from the artists and poets that the pertinent answers came.

Саме від художників і поетів надійшли відповідні відповіді.

It is a blessing no one had been able to compare notes.

Це благословення, що ніхто не зміг звірити ноти.

Panic would have broken loose had they shared their visions.

Якби вони поділилися своїми видіннями, їх би охопила паніка.

This, however, did not dispel my ingrained skepticism.

Однак це не розвіяло мого вкоріненого скептицизму.

Others might have come to mythical conclusions much quicker.

Інші, можливо, дійшли б міфічних висновків набагато швидше.

But the original letters were lacking from the notes.

Але в нотатках бракувало оригінальних листів.

I half suspected the compiler of having asked leading questions.

Я майже підозрював, що упорядник поставив навідні запитання.

Or perhaps the correspondences weren't entirely original.

Або, можливо, листування не було зовсім оригінальним.

Perhaps my uncle had resolved to confirm Wilcox's dreams.

Можливо, мій дядько вирішив підтвердити сни Вілкокса.

That is why I continued to feel suspicious of the sculptor.

Ось чому я продовжував підозрювати скульптора.

Perhaps he was still cognizant of my uncle's old data.

Можливо, він все ще знав старі дані мого дядька.

Perhaps he had been imposing on the veteran scientist.

Можливо, він нав'язувався досвідченому вченому.

Nonetheless, the corroborating data had to be investigated.

Тим не менш, підтверджуючі дані довелося дослідити.

***

The responses from the esthetes told a disturbing tale.

Відгуки естетів розповідали тривожну історію.

From February 28th to April 2nd their dreams aligned.

З 28 лютого по 2 квітня їхні мрії збіглися.

And a large proportion of them had dreamed very bizarre things.

І значна частина з них бачила сни дуже дивних речей.

The timing of the intensity of their dreams was also of interest.

Також був цікавим час інтенсивності їхніх снів.

The period of the sculptor's delirium marked a highpoint.

Період марення скульптора ознаменувався кульмінацією.

The intensity of their dreams were immeasurably the stronger.

Інтенсивність їхніх снів була незмірно сильнішою.

Over a quarter reported unfamiliar and unpronounceable sounds.

Більше чверті повідомили про незнайомі та невимовні звуки.

Noises not dissimilar to what Wilcox had also described.

Шуми, не дуже відрізнялися від тих, що також описував Вілкокс.

Some described highly elaborate and impossible architecture.

Деякі описували надзвичайно складну та неможливу архітектуру.

And some of the dreamers confessed to an acute fear.

А деякі сновидці зізналися у гострому страху.

Like Wilcox, they had seen some gigantic nameless thing.

Як і Вілкокс, вони побачили якусь гігантську безіменну річ.

One case, which the note describes with emphasis, was very sad.

Один випадок, який записка описує з акцентом, був дуже сумним.

The subject was a widely known architect of the region.

Суб'єктом був широко відомий архітектор регіону.

He too had leanings toward theosophy and occultism.

Він також мав схильності до теософії та окультизму.

This man went violently insane on March the 22nd.

Цей чоловік 22 березня жорстоко збожеволів.

The exact same date of young Wilcox's seizure.

Точно та сама дата, що й напад молодого Вілкокса.

He expired several months later, after incessant screaming.

Він помер через кілька місяців, після безперервного крику.

He begged to be saved from some escaped denizen of hell.

Він благав порятувати його від якогось утікача-мешканця пекла.

Regrettably, my uncle did not refer to these cases by name.

На жаль, мій дядько не називав ці випадки поіменно.

Instead, all studies were given nothing more than a number.
Натомість усім дослідженням було надано лише число.
This way I was limited in attempting any personal investigation.
Таким чином, я був обмежений у спробах будь-якого особистого розслідування.
And corroborating the evidence further was demanding.
І подальше підтвердження доказів було вимогливим.
But finally I did succeed in tracing down some cases.
Але зрештою мені вдалося розкрити кілька справ.
I should have trusted the notes from my uncle.
Мені слід було довіряти запискам мого дядька.
They reported their dreams true to their reports.
Вони повідомили, що їхні сни відповідають їхнім звітам.
I have often wondered what they thought the questioning meant.
Я часто розмірковував, що, на їхню думку, означало це запитання.
It is for the best that no explanation shall ever reach them.
Найкраще, що жодні пояснення до них ніколи не дійдуть.

***

As I have mentioned, my uncle also collected press clippings.
Як я вже згадував, мій дядько також збирав газетні вирізки.
These press clippings corresponded to the dates in question.
Ці вирізки з преси відповідали відповідним датам.
The sources were scattered throughout the globe.
Джерела були розкидані по всьому світу.
Professor Angell must have employed a cutting bureau.
Професор Енджелл, мабуть, найняв бюро розкрою.
Because the number of extracts was tremendous.
Бо кількість витягів була величезною.
There was a parallel to this part of his research.
Із цією частиною його дослідження існувала паралель.

Cases of panic, mania, and eccentricity.
Випадки паніки, манії та ексцентричності.
One case was a nocturnal suicide in London.
Один із випадків стосувалося нічного самогубства в Лондоні.
A lone sleeper had leaped from a window after a shocking cry.
Самотній сплячий чоловік вистрибнув з вікна після жахливого крику.
A rambling letter to the editor of a paper in South America.
Безладний лист до редактора газети в Південній Америці.
A fanatic deduces a dire future from visions he had had.
Фанатик передбачає жахливе майбутнє з видінь, які йому були.
A dispatch from California describes a theosophist colony.
У депеші з Каліфорнії описується колонія теософів.
They donned white robes en masse for some "glorious fulfilment".
Вони масово одягали білі шати для якогось «славетного сповнення».
Although that "glorious fulfilment" never arose.
Хоча це «славне здійснення» так і не відбулося.
There seems to be serious unrest from the natives in India.
Схоже, що в Індії спостерігається серйозне невдоволення з боку корінного населення.
Voodoo orgies multiplied in Haiti.
На Гаїті почастішали оргії вуду.
African outposts report ominous mutterings.
Африканські форпости повідомляють про зловісні бурмотіння.
American officers in the Philippines find certain tribes bothersome.
Американські офіцери на Філіппінах вважають деякі племена надокучливими.
New York policemen are mobbed by hysterical Levantines.
Нью-йоркських поліцейських оточують істеричні левантійці.

This occurred exactly on the night of March 22-23.

Це сталося рівно в ніч з 22 на 23 березня.

The west of Ireland, too, was full of wild rumor and legendry.

Захід Ірландії також був сповнений диких чуток та легенд.

A fantastic painter named Ardois-Bonnot made the news in France.

Фантастичний художник на ім'я Ардуа-Бонно потрапив у новини Франції.

He hung a blasphemous dream landscape in the Paris spring salon.

Він повісив блюзнірський пейзаж мрій у паризькому весняному салоні.

The recorded troubles in insane asylums were immeasurable.

Зафіксовані проблеми в психіатричних лікарнях були невимірними.

A miracle must have kept the medical fraternities unsuspecting.

Мабуть, сталося диво, яке врятувало медичні братства від несподіванок.

But they never noted the strange parallelisms of the cases.

Але вони ніколи не помічали дивних паралелей у цих справах.

Else they too would have come to mystified conclusions.

Інакше вони також дійшли б незрозумілих висновків.

I must confess these were indeed a set of weird paper cuttings.

Мушу зізнатися, це справді був набір дивних паперових вирізок.

My uncle had put forward a convincing argument.

Мій дядько навів переконливий аргумент.

I can't explain how I set the evidence aside.

Я не можу пояснити, як я відкинув докази.

But my callous rationalism took the upper hand.

Але мій бездушний раціоналізм взяв гору.

And I was still suspicious of the young sculptor, Wilcox.

І я все ще з підозрою ставився до молодого скульптора Вілкокса.

He must have known of the older matters mentioned by the professor.

Він, мабуть, знав про давніші справи, згадані професором.

The Tale of Inspecter Legrasse
Розповідь про інспектора Леграсса

Let me turn your attention away from the young sculptor.

Дозвольте мені відвернути вашу увагу від молодого скульптора.

And let us focus on the second half of the manuscript.

І зосередимося на другій половині рукопису.

A few dreams alone would not have been so significant.

Кілька снів самі по собі не були б такими значущими.

The bas-relief could have been dismissed as a hoax.

Барельєф можна було б сприйняти як обман.

But my uncle had previously been primed to take interest.

Але мій дядько раніше був схильний виявляти інтерес.

Wilcox's dream seemed to have a link to past events.

Сон Вілкокса, здавалося, був пов'язаний з минулими подіями.

It wasn't the first time that he had heard that word.

Він чув це слово не вперше.

The ominous syllables perhaps written as "Cthulhu".

Зловісні склади, можливо, написані як «Ктулху».

He had seen and heard of similar descriptions before.

Він уже бачив і чув подібні описи раніше.

The hellish outlines of the nameless monstrosity.

Пекельні обриси безіменної потворності.

He had previously puzzled over the same hieroglyphics.

Він і раніше ламав голову над тими ж ієрогліфами.

All this produced a horrible connection of events.

Все це призвело до жахливого зв'язку подій.

It is no wonder he pursued young Wilcox with queries.

Не дивно, що він переслідував молодого Вілкокса розпитуваннями.

And we must not be surprised he interrogated Wilcox so.

І нас не повинно дивувати, що він саме так допитував Вілкокса.

This earlier experience had come in the year of 1908.

Цей попередній досвід стався у 1908 році.

Seventeen years before Wilcox came to my great-uncle.

Сімнадцять років до того, як Вілкокс приїхав до мого двоюрідного діда.

The archeological society were meeting in St. Louis.

Археологічне товариство зустрічалося в Сент-Луїсі.

Professor Angell had a prominent part in the deliberations.

Професор Енджелл відіграв помітну роль в обговореннях.

His responsibilities befitted one of his authority.

Його обов'язки відповідали особі з його владою.

He was one of the first to be approached by several outsiders.

Він був одним із перших, до кого звернулися кілька сторонніх осіб.

They took advantage of the convocation to offer questions.

Вони скористалися скликанням, щоб поставити запитання.

They hoped for correct answering from an expert.

Вони сподівалися на правильну відповідь від експерта.

They each had very peculiar types of problems.

У кожного з них були дуже своєрідні проблеми.

And they required very different types of solutions.

І вони потребували зовсім різних типів рішень.

The chief of these was a common-looking middle-aged man.

Головним з них був звичайний на вигляд чоловік середнього віку.

And he quickly became the meeting's focus of interest.

І він швидко став об'єктом уваги на зустрічі.

***

He had traveled to St. Louis all the way from New Orleans.

Він приїхав до Сент-Луїса аж з Нового Орлеана.

He had come to the meeting for special information.

Він прийшов на зустріч за особливою інформацією.

Knowledge that could not be unobtained from local source.

Знання, які неможливо було отримати з місцевих джерел.

His name was John Raymond Legrasse, police inspector.

Його звали Джон Реймонд Леґрасс, інспектор поліції.
He bore with him the mysterious subject of his inquiries.
Він ніс із собою таємничий предмет своїх розпитувань.
A grotesque and apparently very ancient stone statuette.
Гротескна та, очевидно, дуже давня кам'яна статуетка.
A statuette whose origin no one had been able to determine.
Статуетка, походження якої ніхто не зміг визначити.
But don't assume Inspector Legrasse was an archeologist.
Але не варто вважати, що інспектор Леґрасс був археологом.
He had very little interest in archeology, nor mythology.
Він дуже мало цікавився ні археологією, ні міфологією.
His wish for enlightenment had rather different motivations.
Його бажання просвітлення мало дещо інші мотиви.
He was prompted to come by purely professional considerations.
Його спонукали приїхати суто професійні міркування.
The statuette had been captured as part of a police raid.
Статуетку вилучили під час поліцейського рейду.
Although whether it was even a statuette wasn't determined.
Хоча чи була це взагалі статуетка, не було встановлено.
It could also have been an idol, magic fetish, or charm.
Це також міг бути ідол, магічний фетиш або оберіг.
Whatever it was, it had been captured some months previously.
Що б це не було, його було захоплено кілька місяців тому.
A meeting was being held in the wooded swamps of New Orleans.
У лісистих болотах Нового Орлеана відбувалася зустріч.
The police had been tipped of about a supposed voodoo meeting.
Поліцію повідомили про нібито зустріч вудуистів.
Strange and hideous rites connected with the voodoo circle.
Дивні та жахливі обряди, пов'язані з колом вуду.
The police could not but realize what they had stumbled on.
Поліція не могла не усвідомити, на що натрапила.

A dark cult previously totally unknown to the authorities.

Темний культ, раніше абсолютно невідомий владі.

Infinitely more sinister than what an outsider could expect.

Незрівнянно зловісніше, ніж міг би очікувати сторонній спостерігач.

More diabolic than the blackest of the African voodoo circles.

Більш диявольський, ніж найчорніші з африканських кіл вуду.

Unbelievable tales were extorted from the captured cult members.

Від захоплених членів культу виманювали неймовірні історії.

But nothing of the relic's origin could be discovered.

Але нічого про походження реліквії з'ясувати не вдалося.

Hence the anxiety of the police for any antiquarian lore.

Звідси й тривога поліції щодо будь-яких антикварних знань.

Ancient mythology might explain the frightful symbol.

Давня міфологія може пояснити цей жахливий символ.

Deeper knowledge could perhaps track the fountain-head.

Глибші знання, можливо, дозволили б відстежити джерело.

Inspector Legrasse was not prepared for the excitement he created.

Інспектор Леграсс не був готовий до такого ажіотажу, який він створив.

One sight of the mysterious object was all that was required.

Одного погляду на таємничий об'єкт було достатньо.

The assembled men of science were filled with curiosity.

Зібрані науковці були сповнені цікавості.

They lost no time in crowding closely around the inspector.

Вони не гаючи часу щільно оточили інспектора.

And they all tried to get the best look at the diminutive figure.

І всі вони намагалися якнайкраще роздивитися мініатюрну постать.

***

The genuinely abysmal antiquity inspired wild imagination.

Справді бездонна старовина надихала бурхливу уяву.

The strangeness hinted so potently at unopened and archaic vistas.

Ця дивність так яскраво натякала на невідкриті та архаїчні перспективи.

No recognized school of sculpture had animated this terrible object.

Жодна визнана школа скульптури не оживила цей жахливий об'єкт.

Yet centuries seemed recorded in the dim and greenish surface.

І все ж століття ніби зафіксовані на тьмяній зеленуватій поверхні.

Perhaps thousands of years were hidden in this unplaceable stone.

Можливо, тисячі років були приховані в цьому незвіданому камені.

The figurine was finally passed slowly from man to man.

Фігурку зрештою повільно передавали від чоловіка до чоловіка.

Each scientist carefully studied the strange markings of the stone.

Кожен вчений уважно вивчав дивні мітки на камені.

The work was between seven and eight inches in height.

Висота роботи становила від семи до восьми дюймів.

And the exquisite artistic workmanship must be noted.

І слід відзначити вишукану художню майстерність.

The carvings represented a monster of vaguely anthropoid outline.

Різьблені зображення зображували монстра з розпливчастими антропоїдними обрисами.

On the face of the octopus-esque head was a mass of feelers.

На обличчі голови, схожої на восьминога, була ціла купа вусиків.

Prodigious claws on hind and fore feet protruded from the body.

Величезні кігті на задніх і передніх лапах стирчали з тіла.

The bloated corpulence had a rubbery looking quality to it.

Роздута повнота мала щось гумове.

And from behind the rubbery body came out two narrow wings.

А з-за гумового тіла вилізли два вузьких крила.

It would be instinctual to think of this thing as fearsome.

Було б інстинктивно вважати цю річ страшною.

There was an unnatural malignancy to the aura of the creature.

В аурі істоти була якась неприродна злоякісність.

The gargantuan squatted evilly on a rectangular block.

Гігант зловісно присів на прямокутній брилі.

The pedestal it was on was covered with undecipherable characters.

Постамент, на якому він стояв, був вкритий нерозбірливими літерами.

The tips of the wings touched the back edge of the block.

Кінчики крил торкалися заднього краю блоку.

The creature was sitting on the middle of the giant block.

Істота сиділа посеред велетенської брили.

Its legs were doubled up under its monstrous body.

Його ноги були підігнуті під його жахливим тілом.

The long, curved claws gripped the front edge of the cliff.

Довгі, вигнуті кігті вчепилися в передній край скелі.

The cephalopod head was bent forward, observing its kingdom.

Голова головоногого молюска була нахилена вперед, спостерігаючи за своїм царством.

The ends of the facial feelers brushed the backs of huge forepaws.

Кінці лицьових щупалець торкалися тильних сторін величезних передніх лап.

And the forepaws clasped the croucher's elevated knees.
А передні лапи обхопили підняті коліна присілого.
The appearance of the grotesque scene was abnormally lifelike.
Вигляд гротескної сцени був надзвичайно реалістичним.
But this lifelike quality only added a subtle reason to be more fearful.
Але ця реалістичність лише додавала ледь помітну причину для більшого страху.
Because we knew nothing about the source of the depiction.
Тому що ми нічого не знали про джерело зображення.
The creature's vast, awesome, and incalculable age was unmistakable.
Величезний, страхітливий і незліченний вік істоти був безпомилковим.
But not one link did the depiction show with any known type of art.
Але зображення не виявляло жодного зв'язку з жодним відомим видом мистецтва.
Not even the earliest civilizations made reference to this creature.
Навіть найдавніші цивілізації не згадували про цю істоту.
But that is not the only point at which our knowledge failed us.
Але це не єдиний момент, де наші знання нас підвели.

***

The mineralogy of the stone was also a complete mystery.
Мінералогія каменю також була цілковитою загадкою.
Gold specks dotted the soapy, greenish-black stone.
Золоті цятки всіяли мильний, зеленувато-чорний камінь.
Iridescent striations ran along the length of the stone.
Райдужні смуги проходили вздовж каменю.
In short, the stone resembled nothing within mineralogy.
Коротше кажучи, камінь не мав нічого спільного з мінералогією.

Geologists hadn't been able to identify the stone either.

Геологи також не змогли ідентифікувати камінь.

The hieroglyphs along the stone were equally baffling.

Ієрогліфи вздовж каменю були не менш загадковими.

The writing system was horribly different than other scripts.

Система письма разюче відрізнялася від інших писемностей.

A representation of half the world's leading experts was present.

Були присутні представники половини провідних світових експертів.

But no link to any known writing system could be established.

Але зв'язку з жодною відомою системою письма встановити не вдалося.

Everything frightfully suggested an old and unhallowed cycle of life.

Все жахливо натякало на старий і нечестивий цикл життя.

A history in which our world and our conceptions played no part.

Історія, в якій наш світ і наші уявлення не відігравали жодної ролі.

The experts shook their heads, admitting they had been defeated.

Експерти похитали головами, визнаючи свою поразку.

But one expert did not give up quite so quickly.

Але один експерт не здався так швидко.

He claimed to have a touch of bizarre familiarity with the subject.

Він стверджував, що має дещо дивне знайомство з цією темою.

The monstrous shape and writing weren't entirely new to him.

Жахлива форма та почерк не були для нього чимось зовсім новим.

With some diffidence he told of the odd trifle he knew.

З деяким сором'язливістю він розповів про дрібницю, яку знав.

This person was the late William Channing Webb.

Цією людиною був покійний Вільям Ченнінг Вебб.

He was professor of anthropology in Princeton University.

Він був професором антропології в Принстонському університеті.

And he was an explorer of no small significance.

І він був дослідником чималого значення.

***

Forty-eight years ago he was exploring Greenland and Iceland.

Сорок вісім років тому він досліджував Гренландію та Ісландію.

His group were in search of some Runic inscriptions.

Його група шукала якісь рунічні написи.

But the expedition failed to unearth any inscriptions.

Але експедиції не вдалося розкопати жодних написів.

They trekked the heights of West Greenland's coasts.

Вони підкорили висоти узбережжя Західної Гренландії.

Here they encountered a strange cult of degenerate Eskimos.

Тут вони зіткнулися з дивним культом дегенеративних ескімосів.

Their religion consisted of a form of devil-worship.

Їхня релігія полягала в формі поклоніння дияволу.

And their rituals were deliberately bloodthirsty and repulsive.

А їхні ритуали були навмисно кровожерливими та огидними.

It was a faith of which other Eskimos knew little.

Це була віра, про яку інші ескімоси мало що знали.

Locals shuddered at the mention of their practices.

Місцеві жителі здригалися від згадки про їхні практики.

They said their believes came from horribly ancient eons.

Вони казали, що їхні вірування походять з жахливо давніх епох.

A time before the world as we know it now had ever been made.

Час до того, як був створений світ, яким ми його знаємо зараз.

There were human sacrifices and queer hereditary rituals.

Були людські жертвопринесення та дивні спадкові ритуали.

And all their worship was directed at a supreme tornasuk.

І все їхнє поклоніння було спрямоване до верховного торнасука.

Professor Webb had taken a phonetic copy from an aged angekok.

Професор Вебб взяв фонетичну копію у старого ангекока.

He had transcribed the wizard-priest's chants as best he could.

Він якнайкраще переписав співи чарівника-жерця.

But currently these transcriptions weren't of prime significance.

Але наразі ці транскрипції не мали першорядного значення.

The cult had a cherished stone that they worshipped.

У культу був заповітний камінь, якому вони поклонялися.

They danced wildly when the aurora leaped over the ice cliffs.

Вони шалено танцювали, коли полярне сяйво перестрибувало через крижані скелі.

And in the midst of their dance was the strange stone.

І посеред їхнього танцю був той дивний камінь.

It was, the professor stated, a very crude bas-relief of stone.

Це був, заявив професор, дуже грубий барельєф з каменю.

The stone comprised a hideous picture and some cryptic writing.

Камінь містив жахливе зображення та якийсь загадковий напис.

And as far as he could tell this stone was a rough parallel.

І наскільки він міг судити, цей камінь був приблизною паралеллю.

The stone had all the same essential features of bestial things.

Камінь мав усі ті ж основні риси звіриних істот.

The scientists received this data with suspense and astonishment.

Вчені сприйняли ці дані з нетерпінням та здивуванням.

Even Inspector Legrasse had quickly gained an interest in mythology.

Навіть інспектор Леґрасс швидко зацікавився міфологією.

And he began at once to ply his informant with questions.

І він одразу ж почав засипати свого інформатора питаннями.

He had notes of the oral ritual of the cult-worshipers in the swamp.

У нього були нотатки усного ритуалу культових шанувальників у болоті.

He besought the professor to remember the diabolist Eskimos' chants.

Він благав професора згадати диявольські співи ескімосів.

There then followed an exhaustive comparison of details.

Після цього відбулося вичерпне порівняння деталей.

And there then followed a moment of really awed silence.

А потім настала мить справді благоговійної тиші.

The Eskimo wizards and the Louisiana swamp-priests were worlds apart.

Ескімоські чарівники та жерці з болота Луїзіани були зовсім різними світами.

And yet there was a phrase the two hellish rituals had in common.

І все ж була спільна фраза для цих двох пекельних ритуалів.

"Ph'nglui mglw'nafh Cthulhu R'lyeh wgah'nagl fhtagn."

У Фнглюй мглв'наф Ктулху Р'лйєх ггах'нагл фтагн.

***

Legrasse had one advantage over Professor Webb.

Леґрасс мав одну перевагу над професором Веббом.

He had spoken to several of his mongrel prisoners.

Він розмовляв з кількома своїми в'язнями-дворнягами.

Some of them had passed on the phrase's meaning.

Деякі з них передали значення цієї фрази.

"In his house at R'lyeh dead Cthulhu waits dreaming."

«У своєму будинку в Р'льє мертвий Ктулху чекає уві сні».

So the attention turned back to Inspector Legrasse.

Тож увага знову звернулася до інспектора Леграсса.

And he was probed with many disconnected questions.

І йому задали багато незв'язаних між собою питань.

He detailed his experience with the worshipers from the swamp.

Він детально розповів про свій досвід спілкування з вірянами з болота.

My uncle attached profound significance to the story.

Мій дядько надавав цій історії глибокого значення.

The report savored of the wildest dreams of myth-makers.

У звіті відчувалася атмосфера найсміливіших мрій міфотворців.

Theosophists could not have provided more imagination.

Теософи не могли б проявити більше уяви.

But the philosophies came from unexpected sources.

Але філософські ідеї походили з неочікуваних джерел.

Half-castes and pariahs told these fantastical stories.

Метиси та ізгої розповідали ці фантастичні історії.

On November 1st, 1907, his chain of events unfolded.

1 листопада 1907 року розгорнувся ланцюг його подій.

The New Orleans police received desperate calls.

Поліція Нового Орлеана отримала відчайдушні дзвінки.

They were called to the swamp and lagoon country to the south.

Їх покликали до болотистої та лагунної країни на півдні.

The settlers there were mostly primitive, but good-natured.

Поселенці там були здебільшого примітивними, але добродушними.

Most living by the swamp were descendants of Lafitte's men.

Більшість людей, які жили біля болота, були нащадками людей Лафітта.

But now they were in the grip of stark terror.

Але тепер їх охопив справжній жах.

An unknown thing had stolen upon them in the night.

Щось невідоме підкралося до них уночі.

It was voodoo, apparently, that caused the disturbance.

Очевидно, це було вуду, яке спричинило безлад.

But it was a voodoo unlike the other forms of voodoo.

Але це було вуду, несхоже на інші форми вуду.

Voodoo of a more terrible sort than they had ever known.

Вуду жахливішого роду, ніж вони будь-коли знали.

Some of their women and children had disappeared.

Деякі з їхніх жінок та дітей зникли безвісти.

A malevolent drumming had begun its incessant beating.

Зловісний барабанний бій почав безперервно бити.

Far and deep within those dark, black haunted woods.

Далеко й глибоко в тих темних, чорних лісах з привидами.

There, where no dweller dared to ventured close to.

Туди, куди жоден мешканець не наважувався підійти близько.

There were insane shouts and harrowing screams.

Лунали божевільні крики та моторошні зойки.

Soul-chilling chants and dancing devil-flames.

Моторошні співи та танцюючі диявольські полум'я.

The messenger and his people could stand it no more.

Посланець та його люди більше не могли цього терпіти.

A body of twenty police set out in the late afternoon.

Ближче до вечора вирушив загін із двадцяти поліцейських.

And a shivering settler came with them as a guide.

І з ними як провідник прийшов тремтячий від страху поселенець.

***

At the end of the passable road they alighted.

В кінці прохідної дороги вони вийшли.

For miles and miles they splashed on in silence.

Милі й милі вони пливли мовчки, плескаючись у вітрилах.

And they went on through the terrible cypress woods.

І вони йшли далі через жахливий кипарисовий ліс.

Dark, dark woods in which day but almost never came.

Темний, темний ліс, у який день, але майже ніколи не наставав.

Ugly roots set traps for them in the wet ground.

Потворне коріння влаштовує для них пастки у вологому ґрунті.

Malignant hanging nooses of Spanish moss beset them.

Злоякісні висячі петлі з іспанського моху оточують їх.

In the distance the settlement slowly came into sight.

Вдалині повільно з'явилося поселення.

Hysterical dwellers ran out of the miserable huts.

Істеричні мешканці вибігли з жалюгідних хатин.

They clustered around the group of bobbing lanterns.

Вони скупчилися навколо групи ліхтарів, що хиталися.

Far, far ahead the cause of all the fear could be heard.

Далеко-далеко попереду чулася причина всього страху.

The muffled beat of drums was now faintly audible.

Приглушений бій барабанів тепер був ледь чутний.

At times the wind shifted and revealed different sounds.

Часом вітер змінювався, і звуки ставали іншими.

Curdling shrieks were audible at infrequent intervals.

Через рідкісні проміжки часу чулися пронизливі крики.

A reddish glare seemed to filter through the undergrowth.

Здавалося, червонувате сяйво просочується крізь підлісок.

The settlers were reluctant to be left alone again.

Поселенці неохоче знову залишалися на самоті.

But they point blank refused to move forwards either.

Але вони також категорично відмовилися рухатися вперед.

So the inspector and his colleagues plunged on unguided.

Тож інспектор та його колеги вирушили далі без нагляду.

And they went into the black arcades of horror.

І вони пішли в чорні аркади жаху.

The region was one of traditionally evil repute.

Цей регіон мав традиційно погану репутацію.

The lands were substantially unknown by white men.

Ці землі були практично невідомі білим людям.

Not many explorers had traversed those regions yet.

Небагато дослідників ще перетнули ці регіони.

There were also legends of a hidden away lake.

Також ходили легенди про приховане озеро.

A body of water still unglimpsed by mortal sight.

Водойма, досі недосяжна для смертного погляду.

In the lake it was said there dwelt a strange creature.

Кажуть, що в озері жила дивна істота.

A huge, formless white polypous thing with luminous eye.

Величезна, безформна біла поліпозна істота зі світним оком.

And settlers whispered about bat-winged devils.

А поселенці шепотілися про дияволів з крилами кажанів.

They flew up out of caverns from the inner earth.

Вони вилетіли з печер, що знаходяться на глибинах землі.

And together the demons worship it at midnight.

І разом демони поклоняються йому опівночі.

They said it had been there before D'Iberville.

Вони казали, що воно було там до Д'Ібервіля.

They said it had been there before La Salle too.

Вони казали, що воно було тут і до Ла Саля.

They said it was there before the Native Americans.

Вони казали, що це було там до появи корінних американців.

Perhaps it was even there before the wholesome beasts.

Можливо, воно було там навіть до появи здорових тварин.

It was a nightmare itself that made men dream.

Це був сам по собі кошмар, який змушував чоловіків мріяти.

And to see the thing was the same as death.

А побачити це було те саме, що померти.

And so they had enough warning to know to keep away.

Тож вони мали достатньо попереджень, щоб триматися подалі.

Because it was indeed where they were warned it was.

Бо це справді було там, про що їх попереджали.

The voodoo orgy was on the fringe of this abhorred area.

Вуду-оргія відбувалася на околиці цієї огидної місцевості.

But the location was already bad enough by itself.

Але розташування саме по собі було досить поганим.

The voodoo activities only added to the horror.

Діяльність вуду лише посилювала жах.

Perhaps poetry could do justice to the noises heard.

Можливо, поезія могла б віддати належне почутим звукам.

Otherwise only madness would help one understand.

Інакше лише божевілля допомогло б зрозуміти.

But Legrasse's plowed on through the black morass.

Але Леграсс пробирався крізь чорне трясовину.

The sound of the muffled drumming slowly crystalized.

Звук приглушеного барабанного дробу повільно кристалізувався.

And they continued steadily towards the red glare.

І вони неухильно продовжували рухатися до червоного сяйва.

***

There are vocal qualities specific to men.

Існують вокальні якості, характерні лише для чоловіків.

And there are vocal qualities specific to beasts.

А також є вокальні якості, характерні для звірів.

It is terrible when one makes the sounds of the other.

Це жахливо, коли одне видає звуки іншого.

Animal fury freed them of their human restraint.
Тварина лють звільнила їх від людської стриманості.
Orgiastic license whipped them into demoniac heights.
Оргіастична розпуста зводила їх до демонічних висот.
Howls that tore through those perpetually dark woods.
Виття, що розривалося крізь ті вічно темні ліси.
Squawking ecstasies that echoed in everyone's mind.
Верескливі екстази, що луною відлунювали в головах кожного.
Sounds like pestilential tempests from the gulfs of hell.
Звучить як чумні бурі з пекельних безодень.
Now and then the less organized ululations would cease.
Час від часу менш організовані виття припинялися.
A well-drilled chorus of hoarse voices rose in singsong.
Добре струнков ований хор хрипких голосів піднявся співучим співом.
And they chanted that hideous phrase of their ritual.
І вони скандували цю жахливу фразу свого ритуалу.
"Ph'nglui mglw'nafh Cthulhu R'lyeh wgah'nagl fhtagn"
У Фнґлюй мґлв'наф Ктулху Р'лйєх ґґах'наґл фтаґн.
Then the men reached a spot where the trees were sparser.
Потім чоловіки дійшли до місця, де дерева були рідшими.
Suddenly they come in sight of the spectacle itself.
Раптом вони опиняються перед самим видовищем.
Four of them reeled from the horrible things they saw.
Четверо з них захиталися від жахливих речей, які вони побачили.
One man fainted, and two were shaken into a frantic cry.
Один чоловік знепритомнів, а двоє від трясіння почали шалено кричати.
Fortunately their screams were not heard by other ears.
На щастя, їхні крики не були почуті іншими вухами.
The mad cacophony of the orgy deadened their screams.
Шалена какофонія оргії заглушила їхні крики.
Legrasse splashed swamp water on the fainting man.
Леграсс облив непритомного чоловіка болотною водою.
They stood up again, but nearly hypnotized with horror.

Вони знову встали, але майже загіпнотизовані жахом.

In a natural glade of the swamp stood a grassy island.

На природній галявині болота стояв трав'янистий острів.

The grassy island extended perhaps for an acre.

Трав'янистий острів простягався, мабуть, на цілий акр.

And the area was clear of trees and tolerably dry.

І ця місцевість була чистою від дерев і досить сухою.

A horde of human abnormality leaped and twisted.

Орда людської аномалії стрибала та звивалась.

No Sime could paint what the men were seeing.

Жоден Сім не міг зобразити те, що бачили чоловіки.

No Angarola has ever painted such an indescribable scene.

Жоден Ангарола ніколи не малював такої невимовної сцени.

The hybrid spawn made a monstrous ring-shaped bonfire.

Гібридне потомство утворило жахливе кільцеподібне багаття.

They brayed bellowed and writhed about in their nudity.

Вони ревіли, гавкали та корчилися у своїй наготі.

Occasionally there were rifts in the curtain of flame.

Час від часу у полум'яній завісі з'являлися розриви.

And there the object of their worship revealed itself.

І там явив себе об'єкт їхнього поклоніння.

In the midst of the fire stood a great granite monolith.

Посеред вогню стояв великий гранітний моноліт.

The stone structure was only about eight feet in height.

Кам'яна споруда була заввишки лише близько восьми футів.

And the noxious carven statuette rested on the monolith.

А отруйна різьблена статуетка спочивала на моноліті.

The idle was almost incongruous in its diminutiveness.

Бездіяльність була майже недоречною у своїй мініатюрності.

Spaced evenly, scaffolds had been erected around the fire.

Навколо багаття були зведені риштування, розташовані рівномірно.

From the scaffolding hung a number of marred bodies.

З риштувань звисало кілька понівечених тіл.

The bodies of those that had disappeared from nearby.

Тіла тих, хто зник безвісти поблизу.

It was inside this circle the ring of worshipers were.

Саме всередині цього кола розташовувалося коло вірян.

And they roared and jumped in the frantic trance.

І вони ревіли та стрибали у шаленому трансі.

The general direction of the motion was anti-clockwise.

Загальний напрямок руху був проти годинникової стрілки.

The ring of bodies circling around the ring of fire.

Кільце тіл, що кружляє навколо вогняного кільця.

One man recollected other details even more concerning.

Один чоловік згадав інші, ще більш тривожні деталі.

But perhaps the echoes induced him to hear other things.

Але, можливо, відлуння змусило його почути й інше.

He fancied he heard antiphonal responses to the ritual.

Йому здалося, що він чує антифонні відповіді на ритуал.

Noises from an unillumined spot deeper within the woods.

Шуми з неосвітленого місця глибоко в лісі.

This man, Joseph D. Galvez, I later met and questioned.

Цього чоловіка, Джозефа Д. Гальвеса, я пізніше зустрів і розпитав.

And he proved to indeed be distractingly imaginative.

І він справді виявився надзвичайно уявним.

He even hinted at the faint beating of great wings.

Він навіть натякнув на ледь чутний помах величезних крил.

And he suggested there was a glimpse of shining eyes.

І він припустив, що там мигцем побачив сяючі очі.

And beyond the trees, a mountainous white bulk of something.

А за деревами виднілася якась біла гірська маса.

I suppose he had heard too much native superstition.

Гадаю, він наслухався забагато місцевих забобонів.

But actually the horrified pause was relatively brief.

Але насправді жахлива пауза була відносно короткою.

Duty came first, and they had come to do a job.

Обов'язок був понад усе, а вони прийшли, щоб виконати роботу.

***

There must have been nearly a hundred mongrel celebrants.

Там, мабуть, було майже сотня дворняг, які святкували.

But the police were able to rely on their firearms.

Але поліція могла покластися на свою вогнепальну зброю.

And they plunged determinedly into the nauseous rout.

І вони рішуче кинулися в нудотну розправу.

For five minutes the chaotic din was beyond description.

Протягом п'яти хвилин хаотичний гамір не піддавався опису.

Wild blows were struck and shots were fired.

Лунали шалені удари та постріли.

Some escaped arrest by running into the darkness.

Дехто уникнув арешту, втікши в темряву.

They had a better knowledge of the layout of the swamp.

Вони краще знали планування болота.

But Legrasse and his men caught around half of them.

Але Леграсс та його люди спіймали приблизно половину з них.

And they counted around forty-seven sullen prisoners.

І вони нарахували близько сорока семи похмурих в'язнів.

They were forced to put on their clothes again.

Їх змусили знову одягнутися.

And they fell into line between two rows of policemen.

І вони вишикувалися в лінію між двома рядами поліцейських.

Five of the worshipers lay dead by the fire.

П'ятеро вірян лежали мертвими біля вогню.

Two severely wounded prisoners were carried away.

Двох тяжко поранених в'язнів винесли.

Of course the image on the monolith was removed.

Звісно, зображення на моноліті було видалено.

Legrasse himself took the evidence to the police station.
Леграсс сам відніс докази до поліцейської дільниці.
The trip back to the headquarters was of intense strain.
Поїздка назад до штаб-квартири була надзвичайно напруженою.
The men were examined when they got back to civilization.
Чоловіків обстежили, коли вони повернулися до цивілізації.
The prisoners all proved to be men of a very low type.
Усі в'язні виявилися людьми дуже низького гатунку.
They were all mixed-blooded, and mentally aberrant.
Всі вони були змішаної крові та мали психічні відхилення.
Most were seamen by trade, or some similar professions.
Більшість із них були моряками за фахом або подібними професіями.
Negroes and mulattoes were sprinkled among them.
Серед них були розкидані негри та мулати.
But most seemed to be West Indians or Brava Portuguese.
Але більшість, здавалося, були вихідцями з Вест-Індії або португальцями племені брава.
They primarily came from the Cape Verde Islands.
Вони переважно походили з островів Кабо-Верде.
They gave the heterogeneous cult a coloring of voodooism.
Вони надали неоднорідному культу забарвлення вудуїзму.
But there wasn't even a need to ask too many questions.
Але навіть не було потреби ставити забагато запитань.
The conclusion quickly became manifest by itself.
Висновок швидко став очевидним сам собою.
Something far deeper than negro fetishism was involved.
Було задіяно щось набагато глибше, ніж негритянський фетишизм.
Although ignorant, but their story was consistent.
Хоча й невігласи, але їхня історія була послідовною.
The creatures all spoke of the same central idea.
Усі істоти говорили про одну й ту саму центральну ідею.
They certainly all shared the same loathsome faith.
Вони, безумовно, всі поділяли ту саму огидну віру.

They worshiped, so they said, the great old ones.
Вони поклонялися, як казали, великим старцям.
The great old ones lived long before there were any men.
Великі старі жили задовго до того, як з'явилися люди.
And they came to the young world out of the sky.
І вони прийшли до молодого світу з неба.
Those old ones were now gone, they explained.
Тих старих тепер більше немає, пояснили вони.
They were now inside the earth and under the sea.
Тепер вони були всередині землі та під водою.
But their dead bodies found ways to tell their secrets.
Але їхні трупи знайшли способи розповісти свої таємниці.
They whispered into the dreams of the first men.
Вони шепотіли у сни перших людей.
And the first men formed a cult which has never died.
А перші люди створили культ, який ніколи не зник.

***

The cult had always existed, and always would exist.
Культ завжди існував і завжди існуватиме.
Their followers were hidden in wastes all over the world.
Їхні послідовники були заховані в пустках по всьому світу.
Their followers were in dark places explorers overlooked.
Їхні послідовники перебували в темних місцях, яких
дослідники не помічали.
And they would remain hidden until they were called.
І вони залишатимуться прихованими, доки їх не
покличуть.
When the great priest Cthulhu rises again to the surface.
Коли великий жрець Ктулху знову піднімається на
поверхню.
When Cthulhu brings the earth again beneath his sway.
Коли Ктулху знову підкорить землю своїй владі.
**When Cthulhu leaves from his dark house in the mighty city
of R'lyeh.**

Коли Ктулху залишає свій темний будинок у могутньому місті Р'льєх.

Some day he was going call, when the stars were ready.

Одного дня він зателефонує, коли зірки будуть готові.

And the secret cult will always be waiting to liberate him.

І таємний культ завжди чекатиме, щоб звільнити його.

Meanwhile, no more of his story must be told.

Тим часом, більше нічого не можна розповідати про його історію.

There was a secret even torture could not extract.

Була таємниця, яку навіть тортури не могли витягнути.

Mankind was not alone among the conscious things of earth.

Людство було не єдиним серед свідомих істот на землі.

Because shapes came out of the dark to visit the faithful few.

Бо з темряви з'явилися постаті, щоб відвідати небагатьох вірних.

But these were not the great old ones.

Але це були не ті старі, що були великими.

No man had ever seen the great old ones.

Жодна людина ніколи не бачив цих великих старих.

The carven idol was of great Cthulhu.

Різьблений ідол був зображенням великого Ктулху.

None could say whether the others were like him.

Ніхто не міг сказати, чи інші були схожі на нього.

No one could read the old writing now.

Тепер ніхто не міг прочитати старого письма.

Instead, things were told by word of mouth.

Натомість, про це розповідали з уст в уста.

The chanted ritual was not the secret.

Оспіваний ритуал не був секретом.

The secret was never spoken aloud, only whispered.

Про цю таємницю ніколи не говорили вголос, лише шепотіли.

The chant meant one thing, and one thing alone:

Цей спів означав одне, і тільки одне:

"In his house at R'lyeh dead Cthulhu waits dreaming."

«У своєму будинку в Р'льє мертвий Ктулху чекає уві сні».

Only two of the prisoners were found sane enough to be hanged.

Лише двох ув'язнених визнали достатньо осудними, щоб їх можна було повісити.

The rest of them were committed to various institutions.

Решту з них було направлено до різних установ.

All denied to have taken any part in the ritual murders.

Усі заперечували будь-яку участь у ритуальних убивствах.

They said the killing had been done by something else.

Вони сказали, що вбивство було скоєно чимось іншим.

"The black-winged ones," they each insisted, separately.

«Чорнокрилі», — наполягали вони кожен окремо.

They had come to them from their immemorial meeting-place.

Вони прийшли до них з їхнього давнього місця зустрічі.

They had arisen out from the haunted woodlands.

Вони вийшли з лісів, сповнених привидів.

But the stories of mysterious allies were inconsistent.

Але історії про таємничих союзників були суперечливими.

***

What the police did extract came mainly from one man.

Те, що поліція витягла, здебільшого було отримано від однієї людини.

An immensely aged mestizo named Castro.

Неймовірно старий метис на ім'я Кастро.

He claimed to have sailed to strange ports.

Він стверджував, що плавав до дивних портів.

And he said he had been to the mountains of China.

І він сказав, що був у горах Китаю.

There he talked with undying leaders of the cult.

Там він розмовляв з безсмертними лідерами культу.

Old Castro remembered bits of hideous legend.

Старий Кастро пам'ятав уривки жахливої легенди.

His legends paled the speculations of theosophists.

Його легенди затьмарювали роздуми теософів.

His stories made man seem like a recent creation.

Його історії робили людину схожою на нещодавнє творіння.

Even the world was transient in his account of things.

Навіть світ був швидкоплинним у його описі речей.

There had been eons when other Things ruled on the earth.

Були еони, коли на землі правили інші Речі.

And they had had great cities here on the earth.

І в них були великі міста тут, на землі.

The deathless Chinamen told him reserved secrets.

Безсмертні китайці розповіли йому заповідні таємниці.

He had told him their ruins could still be found.

Він сказав йому, що їхні руїни все ще можна знайти.

There were still Cyclopean stones on islands in the Pacific.

На островах у Тихому океані все ще були циклопічні камені.

They all died vast epochs of time before man came.

Всі вони померли за величезні епохи часу до появи людини.

But there were knowledges and practices in ancients arts.

Але в стародавніх мистецтвах існували знання та практики.

Special rituals which could revive them again, in time.

Спеціальні ритуали, які могли б з часом знову їх оживити.

In the cycle of eternity their return was inevitable.

У циклі вічності їхнє повернення було неминучим.

When the stars come round again to the right positions

Коли зірки знову займуть правильні місця

They had, indeed themselves come from the stars.

Вони справді самі прийшли із зірок.

"These great old ones," Castro continued.

«Ці чудові старі», – продовжив Кастро.

They were not composed entirely of flesh and blood.

Вони не складалися повністю з плоті та крові.

They had shape," Castro insisted, confidently.

«У них була форма», – впевнено наполягав Кастро.

And he had strange proof for what he believed.
І в нього були дивні докази того, у що він вірив.
But the shape they took on was not made of matter.
Але форма, яку вони набули, не була створена з матерії.
When the stars were in their right positions.
Коли зірки були на своїх правильних місцях.
Then they could plunge from one world to another.
Тоді вони могли б зануритися з одного світу в інший.
Because they can move themselves through the sky.
Тому що вони можуть переміщатися по небу.
But when the stars were wrong, they cannot live.
Але коли зірки помилялися, вони не могли жити.
And it is true that they no longer live like we do.
І це правда, що вони вже не живуть так, як ми.
But despite that, they never really die either.
Але, попри це, вони ніколи по-справжньому не вмирають.
They rest in stone houses in their great city of R'lyeh.
Вони спочивають у кам'яних будинках у своєму великому
місті Р'льєх.
They are preserved by the spells of mighty Cthulhu.
Їх зберігають заклинання могутнього Ктулху.
So there they lie, unaffected by the passing of time.
Так вони й лежать, не зворушені плином часу.
And they wait for another glorious resurrection.
І вони чекають на ще одне славне воскресіння.
When the stars and earth are ready for them again.
Коли зірки та земля знову будуть до них готові.
But they are still dependent on an outside force.
Але вони все ще залежать від зовнішньої сили.
A force from outside served to liberate their bodies.
Зовнішня сила послужила для звільнення їхніх тіл.
The spells preserved them and kept them intact.
Заклинання зберегли їх і зберегли їх цілими.
But the spells also kept them from breaking free.
Але заклинання також не давали їм вирватися на волю.
So they could only lie awake in the dark and think.
Тож вони могли лише лежати без сну в темряві та думати.

***

In the meantime uncounted millions of years rolled by.

Тим часом промайнули незліченні мільйони років.

They knew all that was occurring in the universe.

Вони знали все, що відбувається у Всесвіті.

Because their mode of speech was transmitted thought.

Тому що їхній спосіб мовлення передавали думки.

Even now they were talking in their tombs.

Навіть зараз вони розмовляли у своїх гробницях.

Then, after infinities of chaos, the first men came.

Потім, після нескінченного хаосу, з'явилися перші люди.

The great old ones spoke to the sensitive among them.

Великі старі говорили з чутливими серед них.

They spoke to them by molding their dreams.

Вони розмовляли з ними, формуючи їхні мрії.

Only that way could their language reach the fleshly minds of mammals.

Тільки так їхня мова могла досягти плотського розуму ссавців.

Then, whispered Castro, those first men formed the cult.

Тоді, прошепотів Кастро, ці перші люди створили культ.

They organized themselves around small idols.

Вони організувалися навколо малих ідолів.

The small idols which the great ones had shown them.

Малі ідоли, яких їм показали великі.

Idols brought from dim eras from dark stars.

Ідоли, принесені з похмурих епох з темних зірок.

That cult would never die till the stars came right again.

Той культ ніколи не зникне, доки зірки знову не стануть правильними.

The secret priests were going to take great Cthulhu from His tomb.

Таємні жерці збиралися забрати великого Ктулху з Його гробниці.

And they were going to revive His subjects.

І вони збиралися оживити Його підданих.

And then Cthulhu was going to resume His rule of earth.

А потім Ктулху збирався відновити своє правління на землі.

The right time was going to reveal itself quite clearly.

Справжній час мав би виявитися досить чітко.

At that time mankind will have become as the great old ones.

На той час людство стане таким, як великі древні.

They will be free and wild and beyond good and evil.

Вони будуть вільними та дикими, поза межами добра і зла.

Laws and morals are going to be thrown aside.

Закони та мораль будуть відкинуті.

All men will be shouting and killing and reveling in joy.

Усі люди кричатимуть, вбиватимуть і радітимуть.

Then the liberated old ones will teach them the new ways.

Тоді звільнені старі навчать їх новим шляхам.

New ways to shout and kill and revel and enjoy.

Нові способи кричати, вбивати, веселитися та насолоджуватися.

And all the earth will flame with a holocaust of ecstasy and freedom.

І вся земля палахкотиме голокостом екстазу та свободи.

Meanwhile the cult had to practice the appropriate rites.

Тим часом культ мав практикувати відповідні обряди.

They had to keep alive the memory of those ancient ways.

Вони мали зберегти пам'ять про ті давні звичаї.

And they had to shadow forth the prophecy of their return.

І їм довелося втілювати пророцтво про своє повернення.

In the elder time chosen men spoke with the entombed Old Ones.

У давні часи обрані чоловіки розмовляли з похованим Стародавнім.

The entombed Old Ones spoke to them in their dreams.

Поховані Стародавні розмовляли з ними у снах.

But then something disturbed their means of communication.

Але потім щось порушило їхній зв'язок.

The great stone in the city R'lyeh had sunk beneath the waves.

Великий камінь у місті Р'льєх затонув під хвилями.

And the monoliths and sepulchers were beneath the waters.

А моноліти та гробниці були під водою.

Deep waters full of the one primal mystery.

Глибокі води, сповнені єдиної первісної таємниці.

Waters through which not even thought can pass.

Води, крізь які навіть думка не може пройти.

Water that cut off their spectral communication.

Вода, яка перервала їхній спектральний зв'язок.

But the memory of the rites and rituals never died.

Але пам'ять про обряди та ритуали ніколи не вмирала.

And high priests said that the city would rise again.

А первосвященики казали, що місто знову повстане.

When the stars were right Cthulhu was going to return.

Коли зірки зійдуть правильно, Ктулху повернеться.

The moldy black spirits of the earth will come out again.

Затхлі чорні духи землі знову вийдуть.

Shadowy black spirits full of dim rumors.

Тіньові чорні духи, повні невиразних чуток.

***

The spirits collected in caverns beneath forgotten sea-bottoms.

Духи збиралися в печерах під забутим морським дном.

But of those spirits old Castro dared not speak much.

Але про цих духів старий Кастро не наважувався багато говорити.

And he hurriedly cut himself off from the topic.

І він поспішно відійшов від теми.

No amount of persuasion could elicit more in this direction.

Жодні вмовляння не змогли б досягти більшого в цьому напрямку.

No subtlety could convince him to speak of those spirits.

Жодна тонкість не могла переконати його говорити про цих духів.

The size of the old ones, too, he curiously declined to mention.

Про розмір старих він також, як не дивно, відмовився згадати.

And of the cult he spoke very little too.

І про культ він також дуже мало говорив.

He thought the center lay amid the pathless deserts of Arabia.

Він вважав, що центр лежить серед бездоріжжя пустель Аравії.

There in Irem, the City of Pillars, dreams hidden and untouched.

Там, в Іремі, Місті Стовпів, сни приховані та недоторкані.

This cult was not allied to the European witch-cult.

Цей культ не був пов'язаний з європейським культом відьом.

And the cult was virtually unknown beyond its members.

І культ був практично невідомий за межами своїх членів.

No book had ever really hinted of their knowledge.

Жодна книга ніколи по-справжньому не натякала на їхні знання.

Though the deathless Chinamen said the mad Arab Abdul Alhazred came close.

Хоча безсмертні китайці казали, що божевільний араб Абдул Альхазред був близький до цього.

He said that there were double meanings in his Necronomicon.

Він сказав, що в його «Некрономіконі» є подвійний зміст.

The initiated were free to read it if they wanted to.

Посвячені могли вільно читати його, якщо хотіли.

And they should pay attention to one couplet in particular.

І їм варто звернути увагу зокрема на один куплет.

"That which is not dead can sleep for eternity,"
«Те, що не мертве, може спати вічно».
"And with strange eons even death may die."
«І в дивні епохи навіть смерть може померти».
Legrasse had been deeply impressed by what he heard.
Леграсс був глибоко вражений почутим.
And he was not a little bewildered by the tale.
І ця розповідь його неабияк збентежила.
He inquired in vain about the historic affiliations of the cult.
Він марно розпитував про історичну приналежність
культу.
Castro, apparently, had told the truth about the oath of
secrecy.
Кастро, очевидно, сказав правду про клятву таємниці.
The authorities at Tulane University could not offer much
help either.
Керівництво Тулейнського університету також не змогло
запропонувати особливу допомогу.
The were not able to shed no light upon neither cult, nor the
image.
Вони не змогли пролити світло ні на культ, ні на образ.
And now the detective had come to the highest authorities in
the country.
І ось детектив потрапив до найвищої інстанції країни.
And he heard none other than Professor Webb' tale in
Greenland.
І він чув не що інше, як розповідь професора Вебба з
Гренландії.

***

Legrasse's tale aroused feverish interest at the meeting.
Розповідь Леграсса викликала гарячковий інтерес на
зустрічі.
The story was not only significant in its implications.
Ця історія була важливою не лише за своїми наслідками.
But the story was also corroborated by the statuette.

Але історію також підтверджувала статуетка.

The excitement echoed in the subsequent correspondence.

Збудження відлунювало в подальшому листуванні.

Those who attended stayed in close contact with each other.

Ті, хто був присутній, підтримували тісний зв'язок один з одним.

Although scant mention occurs in the formal publications.

Хоча в офіційних публікаціях про це згадується мало.

Caution is the first care of those accustomed to charlatanry.

Обережність — це перше, про що турбуються ті, хто звик до шарлатанства.

Impostures are kept out as much as it is possible.

Обман уникається наскільки це можливо.

Legrasse for some time lent the image to Professor Webb.

Леґрасс на деякий час позичив зображення професору Веббу.

But at the latter's death the image was returned to him.

Але після смерті останнього зображення йому повернули.

And the image remains in Legrasse's possession.

А зображення залишається у володінні Леґрасса.

This is where I viewed the terrible image not long ago.

Саме тут я нещодавно побачив це жахливе зображення.

The image is unmistakably akin to Wilcox' dream-sculpture.

Це зображення безпомилково схоже на скульптуру-сон Вілкокса.

It was no wonder my uncle was so excited by his tale.

Не дивно, що мій дядько був так схвильований його розповіддю.

And I'm not surprised he made the efforts he made.

І я не здивований, що він доклав таких зусиль.

He had heard everything Legrasse knew of the cult.

Він чув усе, що Леґрасс знав про культ.

And the strange cultish dreams of a sensitive young man.

І дивні культові мрії чутливого юнака.

The bas-relief just like the one from the swamp.

Барельєф, як той, що з болота.

The addition of the devil tablet in Greenland.

Додавання диявольської таблички в Гренландії.
The exact same words used in three remote occurrences.
Ті самі слова, використані у трьох віддалених один від одного випадках.
The Eskimo diabolists, the mongrels in Louisiana, and then Wilcox.
Ескімоські дияволи, дворняги в Луїзіані, а потім Вілкокс.
What other conclusion could one possibly have come to?
До якого ще висновку можна було дійти?
It's only natural Professor Angel pursued this conclusion.
Цілком природно, що професор Енджел дійшов такого висновку.
And I wouldn't have expected him to be less thorough.
І я не очікував, що він буде менш ретельним.
My great-uncle was a man of principled academic rigor.
Мій двоюрідний дід був людиною принципової академічної суворості.
Though privately I also had other plausible theories.
Хоча в душі у мене були й інші правдоподібні теорії.
I suspected young Wilcox of having heard of the cult.
Я підозрював, що молодий Вілкокс чув про культ.
Maybe he had heard of the cult in some indirect way.
Можливо, він якимось опосередкованим чином чув про культ.
He could easily have invented a series of dreams.
Він міг би легко вигадати низку снів.
That way he could heighten and continue the mystery.
Таким чином він міг би посилити та продовжити таємницю.
The dream-narratives and cuttings collected did of course corroborate.
Зібрані розповіді про сни та вирізки, звичайно, підтверджували це.
But the rationalism of my mind had not yet been satisfied.
Але раціоналізм мого розуму ще не був задоволений.
Coincidences can form highly believable illusions too.

Збіги обставин також можуть створювати дуже правдоподібні ілюзії.

And we have to bear in mind the extravagance of the whole subject.

І ми повинні пам'ятати про екстравагантність усієї цієї теми.

So I was led to adopt what I thought the most sensible conclusions.

Тож я був змушений прийняти висновки, які вважав найрозумнішими.

I thoroughly studied the manuscript from the beginning.

Я ретельно вивчив рукопис з самого початку.

And I correlated the theosophical and anthropological notes.

І я співвідніс теософські та антропологічні нотатки.

I compared the literature with the cult narrative of Legrasse.

Я порівняв літературу з культовим наративом Леграсса.

I made a trip to Providence to see the sculptor.

Я здійснив поїздку до Провіденса, щоб побачитися зі скульптором.

And I intended to give him the rebuke I thought proper.

І я мав намір дорікнути йому так, як вважав за потрібне.

There must be consequences, I felt, for the trick he played.

Я відчував, що за його трюк матимуться наслідки.

He had boldly imposed himself upon a learned and aged man.

Він сміливо нав'язався вченому та літньому чоловікові.

***

Wilcox still lived alone where my uncle had met him.

Вілкокс все ще жив сам там, де мій дядько зустрів його.

In the Fleur-de-Lys Building in Thomas Street.

У будівлі Флер-де-Ліс на вулиці Томас.

A hideous Victorian imitation of Seventeenth Century Breton architecture.

Жахлива вікторіанська імітація бретонської архітектури сімнадцятого століття.

The building flaunted its stuccoed front amidst its surroundings.

Будівля хизувалася своїм оштукатуреним фасадом серед навколишнього середовища.

There were lovely Colonial houses on the ancient hill.

На стародавньому пагорбі стояли гарні будинки в колоніальному стилі.

And the house stood under the shadow of the finest Georgian steeple in America.

А будинок стояв під тінню найкращої георгіанської дзвіниці в Америці.

I found him at work in his rooms, among his sculptures.

Я знайшов його за роботою в його кімнатах, серед його скульптур.

The specimens scattered came from a very unique mind.

Розсіяні зразки походять від дуже унікального розуму.

At once I conceded that his genius is indeed profound and authentic.

Я одразу визнав, що його геній справді глибокий і справжній.

He has crystallized in clay that which Arthur Machen evokes in prose.

Він кристалізував у глині те, що Артур Мачен викликає у прозі.

He mirrored in marble the nightmares Clark Ashton Smith put to canvas.

Він відображав у мармурі кошмари, які Кларк Ештон Сміт переніс на полотно.

He will, I believe, be spoken of one day as one of the great decadents.

Я вірю, що колись про нього говоритимуть як про одного з великих декадентів.

He was dark, frail, and somewhat unkempt in aspect.

Він був темноволосий, кволий і дещо неохайний на вигляд.

He turned languidly at my knock on his door.

Він мляво обернувся, коли я постукав у його двері.

He didn't rise from his seat when I came in.

Він не встав зі свого місця, коли я зайшов.

And he asked me what the purpose of my visit was.

І він запитав мене, яка мета мого візиту.

When I told him who I was his interest was piqued.

Коли я сказав йому, хто я, його інтерес розпалився.

My uncle had excited his curiosity by probing his strange dreams.

Мій дядько розбудив його цікавість, досліджуючи його дивні сни.

Although he had never explained the reason for the study.

Хоча він ніколи не пояснював причину цього дослідження.

I did not enlarge his knowledge in this regard.

Я не розширював його знання в цьому плані.

But I sought with some subtlety to gain his confidence.

Але я намагався з певною тонкістю завоювати його довіру.

In a short time I became convinced of his absolute sincerity.

За короткий час я переконався в його абсолютній щирості.

He spoke of the dreams in a manner none could mistake.

Він говорив про сни так, що ніхто не міг помилково зрозуміти їх.

His dreams' subconscious residuum had influenced his art profoundly.

Підсвідомі залишки його снів глибоко вплинули на його мистецтво.

He showed me a morbid statue of the likes I had never seen before.

Він показав мені жахливу статую, подібної до якої я ніколи раніше не бачив.

The statue's contours almost made me shake with fear.

Контури статуї мало не змусили мене здригнутися від страху.

The potency of the statue's black suggestion was overbearing.

Потужність чорного натяку на статую була надмірною.

He could not recall having seen the original of this thing.

Він не міг пригадати, чи бачив оригінал цієї штуки.

But the statue was inspired by his own dream bas-relief.

Але на створення статуї його надихнув барельєф його власної мрії.

The outlines had formed themselves insensibly under his hands.

Обриси непомітно формувалися під його руками.

It was, no doubt, the giant shape he had raved of in delirium.

Це, безсумнівно, була та сама велетенська постать, про яку він марив у маренні.

That he really knew nothing of the hidden cult he soon made clear.

Те, що він насправді нічого не знав про прихований культ, він невдовзі дав зрозуміти.

Only my uncle's relentless catechism had given him some clues.

Лише невпинний катехизис мого дядька дав йому деякі підказки,

And again I strove to explain the obvious conclusions away.

І знову я намагався пояснити очевидні висновки.

How he could possibly have received the weird impressions?

Як він взагалі міг отримати такі дивні враження?

He talked of his dreams in a strangely poetic fashion.

Він розповідав про свої сни дивно поетично.

He made me see with terrible vividness the vistas of his dream.

Він змусив мене з жахливою яскравістю побачити краєвиди свого сну.

The damp Cyclopean city of slimy green stone.

Вологе циклопське місто зі слизького зеленого каменю.

The geometry he oddly said, was all wrong.

Геометрія, як він дивно сказав, була зовсім неправильною.

And he spoke of what he heard with frightened expectancy.

І він говорив про почуте з переляканим очікуванням.

The ceaseless, half-mental calling from underground:

Невпинний, напівдумний поклик з підпілля:

"Cthulhu fhtagn... Cthulhu fhtagn"

«Ктулху фхтагн... Ктулху фхтагн»

These words had formed part of that dreaded ritual.

Ці слова були частиною того жахливого ритуалу.

The ritual the told of dead Cthulhu's dream-vigil.

Ритуал розповідав про чування уві сні померлого Ктулху.

The ritual that told of his stone vault at R'lyeh.

Ритуал, що розповідав про його кам'яне сховище в Р'льє.

And I felt deeply moved, despite my rational beliefs.

І я був глибоко зворушений, попри свої раціональні переконання.

Wilcox, I was sure, had heard of the cult in some casual way.

Я був певен, що Вілкокс якимось випадковим чином чув про цей культ.

He spent his time in a mass of equally weird literature.

Він проводив свій час, заглиблюючись у купу не менш дивної літератури.

He must have forgotten the source of his knowledge.

Він, мабуть, забув джерело своїх знань.

Later the cult had found subconscious expression in his dreams.

Пізніше культ знайшов підсвідоме вираження в його снах.

But this is natural when stories are so impressive.

Але це природно, коли історії такі вражаючі.

Finally the cult's ideas manifested themselves in the bas-relief.

Зрештою, ідеї культу проявилися в барельєфі.

And now the subject of the cult manifested itself in the terrible statue.

І тепер предмет культу проявився у жахливій статуї.

I was convinced his imposture upon my uncle had been very innocent.

Я був переконаний, що його обман мого дядька був цілком невинним.

He both slightly affected, and slightly ill-mannered.

Він був водночас трохи вражений і трохи невихований.

He had a disposition which I could never like.

У нього була вдача, яка мені ніколи не могла сподобатися.

But I was willing enough now to admit his genius.

Але тепер я був достатньо готовий визнати його геніальність.

And I have no way of denying his honesty either.

І я не маю жодного способу заперечити його чесність.

Despite my initial feelings, I took leave of him amicably.

Незважаючи на мої початкові почуття, я попрощався з ним дружньо.

And I wish him all the success his talent promises.

І я бажаю йому всіх успіхів, які обіцяє його талант.

***

The matter of the cult continued to fascinate me.

Питання культу продовжувало мене захоплювати.

At times I had visions of the personal fame I could attain.

Часом у мене виникали видіння особистої слави, якої я міг би досягти.

I visited New Orleans and talked with Legrasse.

Я відвідав Новий Орлеан і розмовляв з Леграссом.

And I spoke with other policemen of that swamp raid.

І я розмовляв з іншими поліцейськими того рейду на болоті.

I saw the frightful image with my own eyes.

Я бачив жахливу картину на власні очі.

And I even questioned some of the surviving mongrel prisoners.

І я навіть розпитав деяких ув'язнених-дворняг, що вижили.

Old Castro, unfortunately, had been dead for some years.

Старий Кастро, на жаль, уже кілька років не був у живих.

What I now heard so graphically at first hand excited me afresh.

Те, що я тепер так яскраво почув з перших вуст, знову схвилювало мене.

Though it was really no more than a detailed confirmation.

Хоча це було насправді не більше ніж детальне підтвердження.

What they told me I had already read in my uncle's notes.

Те, що вони мені розповіли, я вже читав у нотатках мого дядька.

I felt sure that I was on the track of a very real secret.

Я був певен, що йшов по сліду справжньої таємниці.

And I was sure I was going to discover a very ancient religion.

І я був певен, що відкрию для себе дуже давню релігію.

The discovery would make me an anthropologist of note.

Це відкриття зробило б мене видатним антропологом.

My attitude was still one of absolute rational materialism.

Моє ставлення все ще було ставленням абсолютно раціонального матеріалізму.

And I wish my attitude to the subject matter had not changed.

І хотілося б, щоб моє ставлення до цієї теми не змінилося.

I discounted with almost inexplicable perversity the coincidences.

Я з майже незрозумілою упередженістю відкидав збіги.

The dream notes and odd cuttings collected by Professor Angell.

Нотатки про сни та дивні вирізки, зібрані професором Енджеллом.

One thing I began to doubt was the cause of my uncle's death.

Одне, в чому я почав сумніватися, це причина смерті мого дядька.

I began to suspect his death was far from natural.

Я почав підозрювати, що його смерть була далеко не природною.

And I now fear I know my uncle's death was not natural.

І тепер я боюся, що знаю, що смерть мого дядька не була природною.

It was on a narrow hill street where he fell.

Він упав на вузькій вулиці на пагорбі.

The street lead up from the ancient waterfront.

Вулиця вела вгору від стародавньої набережної.

The port-town swarms with foreign mongrels.

Портове місто кишить іноземними дворнягами.

He fell after a careless push from a negro sailor.

Він упав після необережного поштовху чорношкірого моряка.

I had not forgotten the mixed blood of the cult-members in Louisiana.

Я не забував про змішану кров членів культу в Луїзіані.

I had not forgotten the sailors in the voodoo orgy.

Я не забув про моряків у вуду-оргії.

And would not be surprised to learn that they had other knowledge too.

І не здивувався б, дізнавшись, що вони мали й інші знання.

Secret methods as anciently known as the cryptic rites.

Таємні методи, відомі з давніх часів як криптичні обряди.

Poison needles as ruthless their demonic beliefs.

Отруйні голки безжальні до їхніх демонічних вірувань.

Legrasse and his men, it is true, have been let alone.

Леґрасса та його людей, щоправда, залишили в спокої.

But in Norway a certain seaman who saw things is dead.

Але в Норвегії помер один моряк, який бачив те саме.

Might not sinister ears have picked up my uncle's interest in the sculptor?

Чи не могли зловісні вуха почути інтерес мого дядька до скульптора?

Might not the deeper inquiries of my uncle have drawn someone's attention?

Хіба глибші розпитування мого дядька не привернули чиюсь увагу?

I think Professor Angell died because he knew too much.

Я думаю, що професор Енджелл помер, бо знав забагато.

Or he died because he was likely to learn too much.

Або ж він помер, бо, ймовірно, навчився забагато.

Whether I shall go out as he did remains to be seen.

Чи піду я, як він, ще належить побачити.

Because I too have learned much about Cthulhu.

Бо я також багато дізнався про Ктулху.

The Madness from the Sea
Божевілля з моря

There is one great boon heaven could grant me.
Є один великий дар, який небеса могли б мені подарувати.
The total effacing of the results of a mere chance.
Повне знищення результатів простої випадковості.
I wish I had never seen that stray piece of paper.
Шкода, що я ніколи не бачив того зайвого клаптика паперу.
My daily routine would normally not have taken me there.
Зазвичай мій щоденний розпорядок не привів би мене туди.
On any other day I would not have noticed anything.
У будь-який інший день я б нічого не помітив.
It was an old number of an Australian journal.
Це був старий номер австралійського журналу.
The Sydney Bulletin for April 18, 1925
Сіднейський бюлетень за 18 квітня 1925 року
The paper had even slipped past the cutting bureau.
Папір навіть прослизнув повз бюро для різання.
I had largely given over my inquiries to a friend.
Я здебільшого передав свої розслідування другу.
He had taken on the work of most of the research.
Він взяв на себе більшу частину дослідницької роботи.
He had come to refer to the group as the "Cthulhu Cult".
Він почав називати цю групу «Культом Ктулху».
I was visiting my learned friend of Paterson, New Jersey.
Я був у гостях у мого шановного друга в Патерсоні, штат Нью-Джерсі.
The curator of a local museum, and a mineralogist of note.
Куратор місцевого музею та відомий мінералог.
While at his museum I had access to the reserved specimens.
Перебуваючи в його музеї, я мав доступ до зарезервованих зразків.
And this is when an odd picture caught my attention.
І саме тоді мою увагу привернула дивна картина.

Beneath one of the stones was the Sydney Bulletin I mentioned.

Під одним із каменів був згаданий мною Сіднейський бюлетень.

My friend has wide affiliations in all conceivable foreign lands.

Мій друг має широкі зв'язки в усіх можливих іноземних країнах.

The picture was a half-tone cut of a hideous stone image.

Картина була напівтоновою вирізкою жахливого кам'яного зображення.

Almost identical with the stone Legrasse had found in the swamp.

Майже ідентичний каменю, який Леграсс знайшов у болоті.

Eagerly I read the article for its precious contents.

Я з нетерпінням прочитав статтю через її цінний зміст.

But I was disappointed to find that it was just a short article.

Але я був розчарований, дізнавшись, що це була лише коротка стаття.

Although brief, the information was of portentous significance.

Хоча й коротка, інформація мала знаменне значення.

***

"MYSTERY DERELICT FOUND AT SEA"
"ТАЄМНИЧИЙ ПОКИНЕНИЙ РЕМІНЬ ЗНАЙДЕНО В МОРІ"

Vigilant Arrives With Helpless Armed New Zealand Yacht in Tow.

Пильний прибув із безпорадною озброєною новозеландською яхтою на буксирі.

One Survivor and one Dead Man Found Aboard.

На борту знайдено одного вижившого та одного мертвого.

Tale of Desperate Battle and Deaths at Sea.

Розповідь про відчайдушну битву та смерті на морі.

Rescued Seaman Refuses Particulars of Strange Experience.

Врятований моряк відмовляється розповідати подробиці дивного випадку.

Odd Idol Found in His Possession, Inquiry to Follow.

У нього знайшли дивного ідола, розслідування буде проведено далі.

The Alert of Dunedin yacht, N.Z., had been disabled in battle.

Яхта «Alert» з Данідіна, Нова Зеландія, була виведена з ладу в бою.

Previously the ship had left from Valparaiso on March 25th.

Раніше корабель вирушив з Вальпараїсо 25 березня.

On April 2nd the ship was driven considerably south of her course.

2 квітня корабель значно відхилився від свого курсу.

Exceptionally heavy storms had redirected the ship.

Надзвичайно сильні шторми змінили напрямок руху корабля.

Monster waves forced the ship to take a different route.

Чудові хвилі змусили корабель обрати інший маршрут.

On April 12th the ship was sighted by another ship.

12 квітня корабель помітив інший корабель.

Latitude 34° 21', Longitude 152° 17'

Широта 34° 21', довгота 152° 17'

Initially they thought the ship had been deserted.

Спочатку вони думали, що корабель покинутий.

But one still living man had been found on board.

Але на борту знайшли одного живого чоловіка.

This lone survivor was in a half-delirious condition.

Цей єдиний, хто вижив, перебував у стані напівмарення.

The only other victim found was a man already dead a week.

Єдиною іншою знайденою жертвою був чоловік, який уже помер тиждень тому.

Now the heavily armed steam yacht was being towed.

Тепер важкоозброєну парову яхту буксирували.

And this morning the ship was coming in to its wharf.

А сьогодні вранці корабель підходив до своєї пристані.

The living man was clutching a horrible stone idol.

Живий чоловік тримав у руках жахливого кам'яного ідола.

The stone idol was about a foot in height.

Кам'яний ідол був приблизно фут заввишки.

And the origins of the stone were completely unknown.

А походження каменю було абсолютно невідомим.

Authorities at Sydney university were baffled.

Керівництво Сіднейського університету було спантеличене.

The Royal Society couldn't offer information about the idol.

Королівське товариство не могло надати інформації про ідола.

And the Museum in College street had no insights either.

І в музеї на Коледж-стріт також не було жодних ідей.

The survivor says he found the stone in the cabin of the yacht.

Той, хто вижив, каже, що знайшов камінь у каюті яхти.

Allegedly the idol was in a small carved shrine.

Нібито ідол знаходився в невеликому різьбленому вівтарі.

And the carvings of the shrine were of common pattern.

А різьблення святилища було звичайного зразка.

This man eventually recovered back to his senses.

Цей чоловік врешті-решт оговтався.

And he told an exceedingly strange story of piracy and slaughter.

І він розповів надзвичайно дивну історію про піратство та різанину.

He is Gustaf Johansen, a Norwegian of some intelligence.

Це Густаф Йогансен, норвежець з деякими здібностями.

And he had been second mate of the two-masted schooner Emma of Auckland.

А ще він був другим помічником капітана двощоглової шхуни «Емма з Окленда».

The ship sailed for Callao February 20th, manned by eleven sailors.

Корабель відплив до Кальяо 20 лютого, на чолі з одинадцятьма моряками.

The ship, he says, was delayed and thrown widely south of her course.

За його словами, корабель затримався і його відкинуло далеко на південь від свого курсу.

There was a great storm on March 1st, and on March 22nd.

1 березня та 22 березня була сильна буря.

On their journey they encountered another ship.

Під час своєї подорожі вони зустріли ще один корабель.

This was in S. Latitude 49° 51′, W. Longitude 128° 34′

Це було на південній широті 49° 51′, західній довготі 128° 34′

This ship was manned by a queer and evil-looking crew.

На цьому кораблі працювала дивна та зловісна на вигляд команда.

All the men were of Kanakas and half-castes.

Усі чоловіки були з канаків та метисів.

Being ordered peremptorily to turn back, Capt. Collins refused.

Отримавши рішучий наказ повернути назад, капітан Коллінз відмовився.

Without warning the strange crew began to shoot savagely upon the schooner.

Без попередження дивний екіпаж почав люто стріляти по шхуні.

They shot a peculiarly heavy battery of brass cannon.

Вони розстріляли особливо важку батарею латунних гармат.

The men from his ship showed fighting spirit, says the survivor.

Чоловіки з його корабля проявили бойовий дух, каже той, хто вижив.

The schooner began to sink from shots beneath the waterline.

Шхуна почала тонути від пострілів нижче ватерлінії.

But they managed to heave alongside their enemy boat, and board her.

Але їм вдалося підійти до борту ворожого човна та сісти на нього.

They grappled with the savage crew on the yacht's deck.

Вони зчепилися з дикунською командою на палубі яхти.

Their mode of fighting seemed to be strangely clumsy.

Їхній спосіб бою здавався дивно незграбним.

But defeat did not seem to be an option for these savage men.

Але поразка, здавалося, не була варіантом для цих дикунів.

They had a particularly abhorrent and desperate way of fighting.

У них був особливо огидний та відчайдушний спосіб боротьби.

So they had no choice but to kill all men of the enemy ship.

Тож у них не було іншого вибору, окрім як убити всіх людей на ворожому кораблі.

Three of their men were also killed in the fight.

Троє їхніх чоловіків також загинули в бою.

Capt. Collins and First Mate Green were among the dead.

Серед загиблих були капітан Коллінз та перший помічник капітана Грін.

Second Mate Johansen took over control from First Mate Green.

Другий помічник капітана Йогансен перейняв керування від першого помічника капітана Гріна.

And the remaining eight men proceeded to navigate the captured yacht.

А решта вісім чоловіків продовжили керувати захопленою яхтою.

They proceeded to continue in the original direction they were going.

Вони продовжили рух у початковому напрямку.

To see if there had been any reason they were ordered to turn around.

Щоб з'ясувати, чи була якась причина, їм наказали розвернутися.

***

The next day, it appears, they landed on a small island.
Наступного дня, схоже, вони висадилися на невеликому острові.
Although no island is known to exist in that part of the ocean.
Хоча про існування жодного острова в цій частині океану невідомо.
Six of the men somehow died ashore while on the island.
Шестеро чоловіків якимось чином загинули на березі, перебуваючи на острові.
Though Johansen is queerly reticent about this part of his story.
Хоча Йогансен дивно стриманий щодо цієї частини своєї історії.
And he speaks only of their falling into a rock chasm.
І він говорить лише про їхнє падіння у скельну прірву.
Later, it seems, he and one companion boarded the yacht.
Пізніше, здається, він та один із супутників піднялися на борт яхти.
Together they tried to sail the ship, undermanned.
Разом вони намагалися керувати кораблем, якому не вистачало екіпажу.
But they were beaten about by the storm of April 2nd.
Але їх приголомшила буря 2 квітня.
From that time till his rescue on the 12th, the man remembers little.
З того часу і до свого порятунку 12-го числа чоловік мало що пам'ятає.
And he does not even recall when William Briden, his companion, died.
І він навіть не пам'ятає, коли помер його компаньйон Вільям Брайден.

Autopsy could reveal no obvious cause to Briden's death.
Розтин не виявив жодної очевидної причини смерті Брайдена.
The most likely cause of death is exposure to the elements.
Найімовірнішою причиною смерті є вплив стихій.
The Dunedin reported that their boat, the Alert, was well known.
Данідін повідомив, що їхній човен «Алерт» був добре відомий.
The island traders bore an evil reputation along the waterfront.
Острівні торговці мали погану репутацію вздовж набережної.
The ship was owned by a curious group of half-castes.
Корабель належав цікавій групі метисів.
Frequent meetings and night trips to the woods attracted curiosity.
Часті зустрічі та нічні поїздки до лісу викликали цікавість.
The ship had set sail in great haste on March 1st.
Корабель поспішно вирушив у плавання 1 березня.
Just after the storm, and the earth tremors that night.
Відразу після шторму та землетрусів тієї ночі.
Our Auckland correspondent gives the Emma excellent reputation.
Наш кореспондент з Окленда дає Еммі чудову репутацію.
The Crew from the Emma were held very in high regard.
Екіпаж «Емми» мав велику повагу.
And Johansen is described as a sober and worthy man.
А Йогансена описують як тверезого та гідного чоловіка.
The admiralty will institute an inquiry on the whole matter.
Адміралтейство розпочне розслідування з усієї цієї справи.
Starting tomorrow they will collect all relevant information.
Починаючи з завтрашнього дня, вони збиратимуть всю необхідну інформацію.
Every effort will be made to induce Johansen to speak.

Будуть докладені всі зусилля, щоб спонукати Йогансена говорити.

This and the hellish image were all the information I had to go on.

Це та пекельний образ – ось і вся інформація, на якій я міг спиратися.

But what a train of ideas that little information started in my mind!

Але який же шлейф ідей зародила ця мізерна інформація в моїй голові!

Here were new treasuries of data on the Cthulhu Cult.

Тут були нові скарбниці даних про культ Ктулху.

The cult not only had interests on land.

Культ мав інтереси не лише на землі.

Now there was evidence they also had connections to the sea.

Тепер з'явилися докази того, що вони також мали зв'язок з морем.

What motive prompted the hybrid crew to order back the Emma?

Який мотив спонукав екіпаж гібрида замовити повернення «Емми»?

Why did they sail about with their hideous idol?

Чому вони плавали зі своїм огидним ідолом?

What was the unknown island on which six of the Emma's crew had died?

Що це за невідомий острів, на якому загинуло шестеро членів екіпажу «Емми»?

And why was Johansen so secretive about their death?

І чому Йогансен так приховував їхню смерть?

What had the vice-admiralty's investigation brought out?

Що виявило розслідування віце-адміралтейства?

And what was known of the noxious cult in Dunedin?

А що було відомо про шкідливий культ у Данідіні?

Nor could one help but marvel at the timing of the events.

Не можна було не дивуватися і часу подій.

There was a deep and more than natural linkage between the dates.

Між датами існував глибокий і більш ніж природний зв'язок.

A malign and now undeniable significance to the various turns of events.

Зловісний і тепер незаперечний сенс для різних поворотів подій.

***

My uncle had noted with great care the connecting events.

Мій дядько дуже ретельно занотував події, що їх пов'язували.

On March 1st the earthquake and storm had come.

1 березня стався землетрус і шторм.

February 28th, according to the International Date Line.

28 лютого, згідно з міжнародною лінією зміни дат.

From Dunedin the noisome crew of the Alert darted eagerly forth.

З Данідіна галасливий екіпаж «Алерта» жваво вирушив уперед.

They moved as if they had been imperiously summoned.

Вони рухалися так, ніби їх владно викликали.

On the other side of the earth the other events unfolded.

На іншому боці землі розгорталися інші події.

Poets and artists had begun to have their strange dreams.

Поетам і художникам почали снитися дивні сни.

Dreams of a dank Cyclopean city from times long gone.

Мрії про вологе циклопське місто з давно минулих часів.

A young sculptor was persuaded by these dreams too.

Молодого скульптора також переконали ці мрії.

In his sleep he molded the form of the dreaded Cthulhu.

Уві сні він сформував образ жахливого Ктулху.

On March 23rd the crew of the Emma landed on an unknown island.

23 березня екіпаж корабля «Емма» висадився на невідомому острові.

There on that island they left six men dead.

Там, на тому острові, вони залишили шістьох чоловіків мертвими.

On that date the dreams of sensitive men assumed a heightened vividness.

Того дня сни чутливих чоловіків набували підвищеної яскравості.

Their dreams darkened with dread of a giant monster's malign pursuit.

Їхні сни затьмарювалися жахом перед зловісним переслідуванням велетенського монстра.

One architect went mad from his dreams that night.

Тієї ночі один архітектор збожеволів від своїх снів.

And a sculptor had lapsed suddenly into delirium!

І скульптор раптово впав у марення!

And then there was the storm of April 2nd.

А потім була буря 2 квітня.

The date on which all dreams of the dank city ceased.

Дата, коли всі мрії про вологе місто припинилися.

Wilcox emerged unharmed from the bondage of strange fever.

Вілкокс вийшов неушкодженим з пут дивної лихоманки.

And everything appeared to be normal again.

І все здавалося знову нормальним.

But what about the hints old Castro had suggested?

А як щодо натяків, які давав старий Кастро?

What about the sunken, star-born old ones?

А як щодо затонулих, народжених зірками старих?

What about their promised return and coming reign?

А як щодо їхнього обіцяного повернення та майбутнього правління?

What about their faithful cult and their mastery of dreams?

А як щодо їхнього вірного культу та їхнього володіння снами?

Was I tottering on the brink of cosmic horrors?

Чи хитався я на межі космічних жахів?
Cosmic horrors far beyond man's power to bear?
Космічні жахи, які людині не під силу витримати?
If so, they must be horrors of the mind alone.
Якщо так, то це, мабуть, жахи лише розуму.
On the second of April there was sudden coordinated calm.
Другого квітня раптово настало скоординоване затишшя.
The monstrous menace that sieged mankind's soul had vanished.
Жахлива загроза, що облягала людську душу, зникла.
That evening I made all necessary arrangements for onwards travel.
Того вечора я зробив усе необхідне для подальшої подорожі.
I bade my host adieu and took a train for San Francisco.
Я попрощався з господарем і сів на поїзд до Сан-Франциско.

***

In less than a month I was at the port of Dunedin.
Менш ніж за місяць я був у порту Данідіна.
Here, however, my investigation stumbled slightly.
Однак тут моє розслідування трохи спіткнулося.
I inquired in the old sea taverns where the men had lingered.
Я розпитав у старих морських тавернах, де затрималися чоловіки.
But little was known of the strange cult members.
Але про дивних членів культу було відомо небагато.
Waterfront scum was far too common for special mention.
Набережна покидьків була надто поширеною, щоб про неї окремо згадувати.
But there was vague talk about one inland trip these mongrels had made.
Але ходили нечіткі розмови про одну подорож углиб країни, яку здійснили ці дворняги.

Faint drumming and red flames were noted on the distant hills.

На далеких пагорбах чулися слабкі барабанні перестрілки та червоні полум'я.

In Auckland I learned only a little more of Johansen.

В Окленді я дізнався про Йогансена лише трохи більше.

He had been taken to Sydney for the investigation.

Його доставили до Сіднея для розслідування.

A perfunctory and inconclusive questioning turned his hair white.

Поверхове й безрезультатне запитання зробило його волосся сивим.

Thereafter he sold his cottage in West Street.

Після цього він продав свій котедж на Вест-стріт.

And he sailed with his wife to his old home in Oslo.

І він відплив з дружиною до свого старого дому в Осло.

His experience had clearly stirred him deeply.

Його досвід явно глибоко його вразив.

But he told his friends no more than he had told the admiralty officials.

Але він розповів своїм друзям не більше, ніж розповів адміралтейським чиновникам.

And all they could do was to give me his Oslo address.

І все, що вони могли зробити, це дати мені його адресу в Осло.

After that I went to Sydney and talked profitlessly with seamen.

Після цього я поїхав до Сіднея і безрезультатно розмовляв з моряками.

Members of the vice-admiralty court could not enlighten me either.

Члени віце-адміралтейського суду також не змогли мене просвітити.

I tracked the Alert down to Circular Quay in Sydney Cove.

Я відстежив «Алерт» до Серк'юлар-Кі в Сідней-Коув.

The ship had been sold and was again in commercial use.

Корабель було продано і знову використовувалося в комерційних цілях.

But I could gain no further clues from the ship's cargo.

Але я не міг отримати жодних подальших підказок з вантажу корабля.

The image was preserved in the Museum at Hyde Park.

Зображення зберігалося в музеї Гайд-парку.

The cuttlefish head, dragon body, and scaly wings.

Голова каракатиці, тіло дракона та лускаті крила.

The monster crouching atop the hieroglyphed pedestal.

Монстр, що присів на вершині ієрогліфічного п'єдесталу.

I studied every detail of the idol long and well.

Я довго і ретельно вивчив кожну деталь ідола.

The relic was a thing of balefully exquisite workmanship.

Реліквія була витвором зловісно вишуканої роботи.

I couldn't help but notice the similarity to Legrasse's smaller specimen.

Я не міг не помітити подібності до меншого екземпляра Леграсса.

Both idols had the same utter mystery and terrible antiquity.

Обидва ідоли мали однакову цілковиту таємничість і жахливу старовину.

And both idols had the same unearthly strangeness of material.

І обидва ідоли мали однакову неземну дивність матеріалу.

Geologists, the curator told me, had found it a monstrous puzzle.

Геологи, сказав мені куратор, виявили це жахливою загадкою.

They insisted that the world held no rock like this one.

Вони наполягали, що у світі немає такого каменю, як цей.

Then I thought with a shudder of what old Castro had told Legrasse.

Тоді я з тремтінням подумав про те, що старий Кастро сказав Леграссу.

The tale of the primal great ones, sunken under the sea.

Розповідь про первісних великих, що затонули під водою.

"They had come from the stars."

«Вони прийшли із зірок».

"They had brought their images with them."

«Вони принесли з собою свої зображення».

I was shaken with a mental revolution as I had never before known.

Мене сколихнула ментальна революція, якої я ніколи раніше не відчував.

I was now completely resolved to visit Mate Johansen in Oslo.

Тепер я був твердо налаштований відвідати Мате Йохансена в Осло.

Sailing for London, I re-embarked at once for the Norwegian capital.

Відпливши до Лондона, я одразу ж знову сів на корабель до столиці Норвегії.

And one autumn day I landed at the wharves.

І одного осіннього дня я висадився на пристані.

***

Johansen's hometown was in the shadow of the Egeberg.

Рідне місто Йогансена знаходилося в тіні Егеберга.

I discovered he lived in the Old Town of King Harold Haardrada.

Я дізнався, що він жив у Старому місті короля Гарольда Хаардради.

For centuries the greater city had masqueraded as "Christiania".

Протягом століть велике місто маскувалося під «Хрістіанію».

King Harald Hardrada kept alive the name of Oslo.

Король Гаральд Хардрада зберіг назву Осло.

I made the brief trip to his residences by taxicab.

Я здійснив коротку поїздку до його резиденції на таксі.

A neat and ancient building with plastered front.

Акуратна та старовинна будівля з оштукатуреним фасадом.

And I knocked with palpitant heart at the door.

І я постукав у двері з шаленим серцем.

A sad-faced woman in black answered my summons.

На мій поклик відповіла сумна жінка в чорному.

I was stung with disappointment at the sight.

Мене охопило розчарування від цього видовища.

She told me in halting English that Gustaf Johansen was no more.

Вона сказала мені уривчастою англійською, що Густафа Йогансена більше немає.

He had not long survived his return, said his wife.

Він недовго пережив своє повернення, сказала його дружина.

The doings at sea in 1925 had broken him.

Події на морі 1925 року зламали його.

He had told her no more than he had told the public.

Він сказав їй не більше, ніж розповів публіці.

But he had left a long manuscript of "technical matters".

Але він залишив довгий рукопис «технічних питань».

These notes of the voyage had been written in English.

Ці нотатки про подорож були написані англійською мовою.

Evidently in order to safeguard her from the peril of casual perusal.

Очевидно, щоб захистити її від небезпеки випадкового перегляду.

He had gone for a walk through a narrow lane near the Gothenburg dock.

Він пішов прогулятися вузькою вуличкою біля Гетеборзького доку.

A bundle of papers falling from an attic window had knocked him down.

Пачка паперів, що випала з вікна горища, збила його з ніг.

Two Lascar sailors at once helped him to his feet.

Двоє ласкарських моряків одразу допомогли йому
підвестися на ноги.

But before the ambulance could reach him he was dead.
Але перш ніж до нього встигла дістатися швидка, він був
мертвий.

The physicians found no adequate cause for his death.
Лікарі не знайшли жодної достатньої причини його
смерті.

They mostly attributed his death to heart trouble.
Вони здебільшого пов'язували його смерть із проблемами
серця.

**But they added his weakened constitution most likely
contributed.**
Але вони додали, що, найімовірніше, цьому посприяла
його ослаблена фізична форма.

I now felt a deep gnawing at my vitals.
Тепер я відчув глибокий стиск у голові.

A dark terror which will never leave me till I, too, am at rest.
Темний жах, який ніколи не покине мене, доки я також не
заспокоюся.

Whether my death will come "accidentally" or not I can't tell.
Чи настане моя смерть «випадково», чи ні, я не можу
сказати.

I spoke to the widow about her husband's work.
Я розмовляв з вдовою про роботу її чоловіка.

And I persuaded her I had a "technical" connection to him.
І я переконав її, що маю з ним «технічний» зв'язок.

So she felt I was sufficiently entitled to the manuscript.
Тож вона вважала, що я маю достатньо права на рукопис.

And so I attained the dead man's writing.
І так я дістався до письма мерця.

I began to read the documents on the boat to London.
Я почав читати документи на кораблі до Лондона.

They were little more than simple, rambling notes.
Це були не більше ніж прості, безладні нотатки.

A naive sailor's effort at a post-facto diary.
Наївна спроба моряка написати щоденник постфактум.

He strove to recall that last awful voyage day by day.

Він намагався день у день згадувати ту останню жахливу подорож.

I cannot attempt to transcribe his notes verbatim.

Я не можу спробувати дослівно переписати його нотатки.

The manuscript is clouded with vagueness and redundance.

Рукопис затьмарений нечіткістю та надмірністю.

But I will tell the gist of what he wrote.

Але я перекажу суть того, що він написав.

Perhaps then you will understand why I stuffed my ears with cotton.

Можливо, тоді ти зрозумієш, чому я затикав собі вуха ватою.

The sound of the water against the vessel's sides became unendurable.

Шум води, що розбивався об борти судна, став нестерпним.

***

Johansen, thank God, did not quite know what he had seen.

Йогансен, слава Богу, не зовсім усвідомлював, що він побачив.

But it is evident he had seen the city and the Thing.

Але очевидно, що він бачив місто та Річ.

I shall never sleep calmly again when I think of the horrors.

Я більше ніколи не засну спокійно, коли згадую про ці жахи.

The horrors that lurk ceaselessly behind life in time and space.

Жахи, що невпинно чатують за життям у часі та просторі.

Those unhallowed blasphemies that come from elder stars.

Ці нечестиві богохульства, що лунають зі старих зірок.

Dreamers beneath the sea known only by a nightmare cult.

Мрійники під морем, відомі лише культу кошмарів.

A cult ready and eager to release these monsters into the world.

Культ, готовий і прагне випустити цих монстрів у світ.

Whenever another earthquake raises their monstrous stone city again.

Щоразу, коли черговий землетрус знову піднімає їхнє жахливе кам'яне місто.

When Cthulhu is under the light of the sun once more.

Коли Ктулху знову опиняється під світлом сонця.

Johansen's voyage had begun just as he told it to the vice-admiralty.

Подорож Йогансена почалася саме так, як він розповів про неї віце-адміралтейству.

The Emma, in ballast, had cleared Auckland on February 20th.

«Емма» з баластом покинула Окленд 20 лютого.

The ship had felt the full force of that earthquake-born tempest.

Корабель відчув на собі всю силу тієї бурі, спричиненої землетрусом.

The horrors from the sea-bottom that filled men's dreams.

Жахи з морського дна, що сповнювали людські сни.

Once under control again the ship was making good progress.

Знову під контролем, корабель рухався добре.

But then the ship was held up by the Alert on March 22nd.

Але потім, 22 березня, корабель затримав «Алерт».

I could feel the mate's regret as he wrote of her bombardment and sinking.

Я відчував жаль помічника капітана, коли він писав про її бомбардування та потоплення.

Of the swarthy cult-fiends on the other boat he speaks with horror.

Про смаглявих культових дияволів на іншому човні він говорить з жахом.

There was some peculiarly abominable quality about them.

У них була якась особливо огидна риса.

Something made their destruction seem almost a duty.

Щось робило їхнє знищення майже обов'язком.

This point was brought up during the proceedings of the court of inquiry.

Це питання було порушено під час засідання суду-слідчої комісії.

Johansen shows ingenuous wonder at the accusation of ruthlessness.

Йогансен виявляє нещире здивування звинуваченням у жорстокості.

Curiosity is what drove the men on in their captured yacht.

Цікавість ось що рухало чоловіків далі на захопленій яхті.

Sticking out of the sea the men sighted a great stone pillar.

Виткнувшись з моря, чоловіки помітили великий кам'яний стовп.

In South Latitude 47° 9', West Longitude 126° 43' they come upon a coastline.

На південній широті 47° 9', західній довготі 126° 43' вони виходять на берегову лінію.

The coastline was of mingled mud, ooze, and weedy Cyclopean masonry.

Берегова лінія була змішана зі бруду, осаду та зарослої циклопічної кладки.

Nothing less than the tangible substance of earth's supreme terror.

Ніщо інше, як відчутна субстанція найвищого жаху землі.

They had come across the nightmare corpse-city of R'lyeh.

Вони натрапили на кошмарне місто-трупи Р'льєх.

A city built in measureless eons behind history.

Місто, побудоване за незмірні еони позаду історії.

Monuments to vast loathsome shapes that seeped down from the dark stars.

Пам'ятники величезним огидним постатям, що просочувалися з темних зірок.

There lay great Cthulhu and his hordes for incalculable cycles.

Там лежав великий Ктулху та його орди протягом незліченних циклів.

Hidden in green slimy vaults, they sent out their thoughts.

Заховані в зелених слизьких склепіннях, вони посилали свої думки.

The thoughts that spread fear to the dreams of the sensitive.

Думки, що вселяють страх у сни чутливих.

The thoughts that called imperiously to the faithful.

Думки, що владно кликали вірних.

"Come on a pilgrimage of liberation and restoration."

"Вирушайте на паломництво до визволення та відновлення."

All this horror Johansen had no way of suspecting.

Про весь цей жах Йогансен і не підозрював.

But God knows he had soon seen enough!

Але Бог свідок, що він скоро побачив досить!

I suppose what they saw was only a single mountain-top.

Гадаю, вони побачили лише одну гірську вершину.

Soon the rest of the city emerged from the waters.

Невдовзі решта міста виринула з води.

The hideous monolith-crowned citadel where great Cthulhu was buried.

Жахлива цитадель, увінчана монолітом, де був похований великий Ктулху.

I shudder to think of all that may be brooding down there.

Мене аж жахає від думки про все, що може там, унизу, маячити.

And I almost wish to kill myself to stop these thoughts.

І я мало не хочу вбити себе, щоб зупинити ці думки.

***

Johansen and his men were awed by the cosmic majesty.

Йогансен та його люди були вражені космічною величчю.

They beheld the sight of this dripping Babylon of elder demons.

Вони побачили цей мокрий Вавилон, сповнений старих демонів.

They must have guessed without guidance what it was they saw.

Вони, мабуть, здогадалися без жодної підказки, що саме побачили.

What they saw was nothing of this or of any sane planet.

Те, що вони побачили, не мало нічого спільного з цим чи з якоюсь іншою розсудливою планетою.

The unbelievable size of the greenish stone blocks.

Неймовірні розміри зеленуватих кам'яних блоків.

The dizzying height of the great carven monolith.

Запаморочлива висота великого вирізьбленого моноліту.

And then there was the bas-reliefs found on the captured ship.

А ще були барельєфи, знайдені на захопленому кораблі.

The colossal statues mirrored the scene on the carvings.

Колосальні статуї відображали сцену на різьблених зображеннях.

Johansen achieved something very close to futurism.

Йогансен досяг чогось дуже близького до футуризму.

Because he did not describe any definite structure or building.

Тому що він не описав жодної конкретної споруди чи будівлі.

He dwelled on the broad impressions of vast angles and stone surfaces.

Він зупинився на широких відбитках неосяжних кутів та кам'яних поверхонь.

Surfaces too great to belong to anything right or proper for this earth.

Поверхні, надто великі, щоб належати чомусь правильному чи належному для цієї землі.

Surfaces impious with horrible images and hieroglyphs.

Поверхні нечестиві з жахливими зображеннями та ієрогліфами.

There is a reason I mention his talk about angles.

Є причина, чому я згадую його розмову про кути.

It reminds me of something Wilcox had told me of his awful dreams.

Це нагадує мені щось, що Вілкокс розповідав мені про свої жахливі сни.

He had said that the geometry of the dream-place he saw was abnormal.

Він сказав, що геометрія місця сну, яке він бачив, була аномальною.

Non-Euclidean spheres unlike anything here on earth.

Неевклідові сфери, не схожі ні на що тут, на землі.

Loathsomely redolent dimensions completely unlike ours.

Огидно пахнучі розміри, зовсім не схожі на наші.

Now a seaman was describing the exact same thing.

Тепер моряк описував те саме.

They bad both had the same terrible glimpse of this reality.

Вони обидва мали однакове жахливе уявлення про цю реальність.

Johansen and his men landed at a sloping mud-bank.

Йогансен та його люди висадилися на похилому мулистому обмілині.

And they looked up at this monstrous Acropolis.

І вони подивилися вгору на цей жахливий Акрополь.

They clambered slippery up over titan oozy blocks.

Вони слизько видряпалися по титанічних мулистих брилах.

Blocks which could have been no mortal staircase.

Блоки, які могли б бути не сходами смертних.

The very sun of heaven seemed distorted in this mist.

Саме небесне сонце здавалося спотвореним у цьому тумані.

A polarizing miasma welling out from this sea-soaked perversion.

Поляризуюча міазма, що виривається з цього просякнутого морем збочення.

Twisted menace and suspense lurked in those elusive rocks.

У цих невловимих скелях таїлися химерна загроза та невизначеність.

A second glance showed concavity where the first showed convexity.

Другий погляд показав увігнутість там, де перший показав опуклість.

Something very like fright had come over all the explorers.

Щось дуже схоже на жах охопило всіх дослідників.

Each man would have fled had he not feared the scorn of the others.

Кожен чоловік утік би, якби не боявся презирства інших.

And it was only half-heartedly that they vainly searched.

І вони марно шукали лише з половиною емоцій.

They were looking for some portable souvenir to bear away.

Вони шукали якийсь портативний сувенір, щоб забрати його з собою.

It was Rodriguez, the Portuguese, who climbed up the foot of the monolith.

Це був португалець Родрігес, який піднявся до підніжжя моноліту.

From there he shouted of what he had found.

Звідти він кричав про те, що знайшов.

The rest followed him to the foot of the monolith.

Решта пішла за ним до підніжжя моноліту.

They looked curiously at the immense door in front of them.

Вони з цікавістю подивилися на величезні двері перед собою.

The now familiar squid-dragon was carved on the door.

На дверях був вирізьблений тепер знайомий нам дракон-кальмар.

It was, Johansen said, like a great barn-door.

Це було схоже на величезні двері сараю, сказав Йогансен.

Although they said it only gave the impression of a door.

Хоча вони казали, що це лише створювало враження дверей.

They could not decide if the door lay flat like a trap-door.

Вони не могли вирішити, чи двері лежать плоско, як люк.

Or maybe the opening was slanted like an outside cellar-door.

Або, можливо, отвір був похилий, як зовнішні двері до льоху.

As Wilcox would have said, the geometry of the place was all wrong.

Як сказав би Вілкокс, геометрія місця була зовсім неправильною.

One could not be sure that the sea and the ground were horizontal.

Не можна було бути впевненим, що море та земля розташовані горизонтально.

Hence the relative position of everything else seemed phantasmally variable.

Отже, відносне положення всього іншого здавалося примарно мінливим.

Briden pushed at the stone in several places, without result.

Бріден штовхнув камінь у кількох місцях, але безуспішно.

Then Donovan felt delicately over around the edge of the door.

Потім Донован обережно намацав край дверей.

He climbed interminably along the grotesque stone molding.

Він нескінченно піднімався вздовж гротескної кам'яної ліпнини.

Although, if you could really call it climbing is debatable.

Хоча, якщо це взагалі можна назвати скелелазінням, то це питання спірне.

Perhaps the door was more horizontal than vertical.

Можливо, двері були скоріше горизонтальними, ніж вертикальними.

And the men wondered how any door in the universe could be so vast.

І чоловіки дивувалися, як будь-які двері у всесвіті можуть бути такими величезними.

Then, very softly and slowly, something began to happen.

Потім, дуже тихо та повільно, щось почало відбуватися.

The acre-great panel began to give inward at the top.

Величезна панель завбільшки з акр почала прогинатися всередину зверху.

And they saw that the door had balanced itself.

І вони побачили, що двері самі себе збалансували.

***

Donovan somehow propelled himself back along the jamb.
Донован якимось чином проштовхнувся назад уздовж
одвірка.
**And everyone watched the queer recession of the
monstrously carven portal.**
І всі спостерігали за дивним закриттям жахливо
вирізьбленого порталу.
**In this fantasy of prismatic distortion it moved anomalously
in a diagonal way.**
У цій фантазії призматичного спотворення воно
аномально рухалося по діагоналі.
All the rules of matter and perspective seemed confused.
Усі правила матерії та перспективи здавались
переплутаними.
The aperture was black with a darkness almost material.
Отвір був чорним, майже матеріальним, темрявою.
That tenebrousness was indeed a positive quality.
Ця похмурість справді була позитивною рисою.
The men were spared from seeing the inner walls.
Чоловікам не довелося бачити внутрішні стіни.
**The darkness burst forth like smoke from its eon-long
imprisonment.**
Темрява вирвалася, мов дим, зі свого вікового ув'язнення.
**The sun was visibly darkened by flapping membranous
wings.**
Сонце помітно потемніло від махання перетинчастих
крил.
**And the shadow slunk away into the shrunken and gibbous
sky.**
І тінь непомітно зникла у зморщеному, опуклому небі.
**The odor arising from the newly opened depths was
intolerable.**

Запах, що піднімався з щойно відкритих глибин, був нестерпним.

The quick-eared Hawkins thought he heard a nasty, slopping sound.

Гокінсу з гострим вухом здалося, що він почув неприємний, сльозливий звук.

His ears were confirmed when It lumbered slobberingly into sight.

Його вуха підтвердили це, коли Воно, слиняво виповзло назовні.

Its gelatinous green immensity groped through the black hall.

Його желеподібна зелена неосяжність навпомацки прослизала крізь чорний коридор.

And Its ooze and smell squeezed through the angled door.

І його слиз та запах протискалися крізь похилі двері.

The Thing went into the tainted air of that poison city of madness.

Істота зникла у зараженому повітрі того отруйного міста божевілля.

Poor Johansen's handwriting almost gave out when he wrote of this.

Почерк бідного Йогансена мало не зіпсувався, коли він про це писав.

He thinks two men perished of pure fright in that accursed instant.

Він вважає, що в ту кляту мить двоє чоловіків загинули від чистого переляку.

The Thing cannot be described with our language.

Річ не можна описати нашою мовою.

There are no words for such abysms of shrieking and immemorial lunacy.

Немає слів для таких безодней вереску та незапам'ятного божевілля.

Eldritch contradictions of all matter, force, and cosmic order.

Моторошні суперечності всієї матерії, сили та космічного порядку.

A mountain that walked and stumbled on the earth. God!

Гора, що ходила і спотикалася по землі. Боже!

No wonder that across the earth a great architect went mad.

Не дивно, що на іншому кінці світу один великий архітектор збожеволів.

No wonder poor Wilcox raved with fever in that telepathic instant.

Не дивно, що бідолашний Вілкокс у ту телепатичну мить закашлявся від лихоманки.

The green, sticky spawn of the stars, was walking the earth.

Зелене, липке потомство зірок ходило по землі.

The Thing of the idols had awaked to claim his own.

Істота ідолів прокинулася, щоб заявити свої права.

The stars were aligned again, as was predicted.

Зірки знову зійшлися в одну лінію, як і було передбачено.

An age-old cult had failed in their duties.

Віковий культ не виконав своїх обов'язків.

And a band of innocent sailors fulfilled their role by accident.

І група невинних моряків виконала свою роль випадково.

After vigintillions of years great Cthulhu was loose again.

Після тридцяти мільйонів років великий Ктулху знову був на волі.

And now great Cthulhu was ravening for delight.

І тепер великий Ктулху прагнув насолоди.

Three men were swept up by the flabby claws before anybody turned.

Трьох чоловіків змило з ніг м'якими кігтями, перш ніж хтось обернувся.

God rest them, if there be any rest in the universe.

Нехай Бог спочиває з ними, якщо є якийсь спокій у всесвіті.

Let it be known that their names were Donovan, Guerrera and Angstrom.

Нехай буде відомо, що їх звали Донован, Геррера та Ангстрем.

Parker slipped as he was trying to make his escape.

Паркер послизнувся, намагаючись втекти.

The other three were plunging frenziedly back to the boat.

Інші троє шалено кинулися назад до човна.

They ran over endless vistas of green-crusted rock.

Вони бігли безкінечними краєвидами зелених скель.

Johansen swears he was swallowed up by an angle of masonry.

Йогансен клянеться, що його поглинув кут мурування.

An angle which shouldn't have been there.

Кут, якого там не мало бути.

An angle which was acute, but behaved as if it were obtuse.

Кут, який був гострим, але поводився так, ніби був тупим.

Only Briden and Johansen made it back to the boat.

Тільки Бріден та Йогансен повернулися до човна.

The two men had a moment of good fortune.

Двом чоловікам на мить пощастило.

The mountainous monstrosity flopped down on the slimy stones.

Гірська потворність плюхнулася на слизьке каміння.

And the beast hesitated floundering at the edge of the water.

І звір вагався, борсаючись на краю води.

The steam boat had not entirely run out of hot coals.

У пароплава ще не зовсім закінчилося розпечене вугілля.

Despite the departure of all men for the shore.

Незважаючи на відхід усіх чоловіків на берег.

Feverishly the two men rushed up and down between wheels.

Двоє чоловіків гарячково бігали між колесами.

It was the work of only a few moments to get the engine going.

Завести двигун знадобилося лише кілька хвилин.

Amidst the distorted horrors of that indescribable scene.

Серед спотворених жахів тієї невимовної сцени.

Slowly their boat began to churn the lethal waters beneath her.

Повільно їхній човен почав збурювати смертельні води під нею.

And they moved along the masonry of that charnel shore.

І вони рухалися вздовж мурованого берега того склепіння.

That strange coastline that was not from this world.

Та дивна берегова лінія, яка була не з цього світу.

***

The titan Thing from the stars slavered and gibbered.

Титан із зірок слинявив та бурмотів.

Like Polypheme cursing the fleeing ship of Odysseus.

Як Поліфем, що проклинає корабель Одіссея, що тікає.

Then great Cthulhu slid greasily into the water.

Тоді великий Ктулху сально ковзнув у воду.

Bolder and more daring than the storied Cyclops.

Сміливіший та відважніший, ніж легендарний циклоп.

Cthulhu pursued them through the water with cosmic movement.

Ктулху переслідував їх крізь воду з космічним рухом.

Briden looked back from the ship and started laughing shrilly.

Бріден озирнувся з корабля і почав пронизливо реготати.

From that moment Briden continued laughing at odd intervals.

З тієї миті Брайден продовжував сміятися час від часу.

But Johansen had not given up yet.

Але Йогансен ще не здавався.

He knew his ship had no chance of outpacing the thing.

Він знав, що його корабель не мав жодного шансу випередити цю істоту.

So he resolved on taking a desperate chance.

Тож він вирішив ризикнути.

He loaded the furnace and set the engine for full speed.

Він завантажив піч і встановив двигун на повну швидкість.

And then he ran lightning-like on deck and reversed the wheel.

А потім він блискавично вибіг на палубу та повернув штурвал назад.

There was a mighty eddying and foaming in the noisome brine.

У смердючому розсолі сильно вирували та пінилися.

The steam mounted higher and higher into the sky.

Пара піднімалася все вище й вище в небо.

And the brave Norwegian reversed the course of the chase.

І хоробрий норвежець змінив хід погоні.

Before him rose the unclean froth like the stern of a demon galleon.

Перед ним піднімалася нечиста піна, немов корма демонічного галеона.

He drove his vessel head on against the pursuing jelly.

Він прямував своїм судном лоб у лоб проти желе, що переслідувало його.

The awful squid-head came nearly up to the yacht's bowsprit.

Жахлива голова кальмара майже дісталася бушприта яхти.

But Johansen drove on relentlessly against the writhing feelers.

Але Йогансен невблаганно гнав далі, мчачи вперед, наперекір звиваючись щупальцям.

There was a bursting as of an exploding bladder.

Було чути, як лопнуло сечовий міхур.

There was a slushy nastiness as of a cloven sunfish.

Була якась сльотава гидота, ніби від сонячної рибки-роздвоєного лайнера.

There was a stench as of a thousand opened graves.

Стояв сморід, ніби від тисячі відкритих могил.

And there was a sound the chronicler did not put on paper.

І був звук, який літописець не записав на папері.

For an instant the ship was befouled by an acrid cloud.

На мить корабель затягнула їдка хмара.

The green cloud blinded Johansen and the mad man.

Зелена хмара засліпила Йогансена та божевільного.

And then there was only a venomous seething astern.

А потім позаду було лише отруйне вирування.

But God in heaven! What the two men saw next;

Але ж Боже на небесах! Що ж побачили ці двоє чоловіків далі;

The scattered plasticity of that nameless sky-spawn.

Розсіяна пластичність того безіменного небесного породження.

The injured thing was nebulously recombining.

Поранена річ туманно перебудовувалася.

Soon Cthulhu would be back in its hateful original form.

Невдовзі Ктулху повернеться у своїй ненависній первісній формі.

But their distance was widening with every second.

Але відстань між ними збільшувалася з кожною секундою.

The ship was gaining impetus from its mounting steam.

Корабель набирав швидкості від наростаючої пари.

And eventually the cursed city was over the horizon.

І врешті-решт прокляте місто зникло за обрієм.

***

He did not try to navigate after their lucky escape.

Він не намагався орієнтуватися після їхнього щасливого виходу.

His reaction had taken something out of his soul.

Його реакція щось зачепила його душу.

He spent his time brooding over the idol in the cabin.

Він проводив час, розмірковуючи над ідолом у хатині.

He looked after the laughing maniac in the boat.

Він дивився вслід реготливому маніяку в човні.

And he attended to a few matters such as food.

І він подбав про кілька питань, таких як їжа.

Then came the storm of April 2nd.

Потім настала буря 2 квітня.

On that day clouds gathered over his consciousness.

Того дня хмари затягнули його свідомість.

There is a sense of pure and refined delirium.

Виникає відчуття чистого та вишуканого марення.

Spectral whirling through liquid gulfs of infinity.

Спектральне вирування крізь рідкі безодні нескінченності.

Dizzying rides through reeling universes on a comet's tail.

Запаморочливі поїздки крізь вирючі всесвіти на хвості комети.

Hysterical plunges from the pit to the moon.

Істеричні стрибки з ями на місяць.

And he plunged back again from the moon to the pit.

І він знову пірнув з місяця в яму.

A cachinnating chorus of the distorted, hilarious elder gods.

Захопливий хор спотворених, кумедних старших богів.

And the green bat-winged mocking imps of Tartarus.

І зелені крила кажана-насмішливі бісенята з Тартару.

Out of that dream came rescue; the ship Vigilant.

З того сну прийшов порятунок — корабель «Виджилант».

The vice-admiralty court and the streets of Dunedin.

Віце-адміралтейський суд та вулиці Данідіна.

The long voyage back home to the old house by the Egeberg.

Довга подорож додому, до старого будинку біля Егеберга.

He could not tell anyone of what he had seen.

Він нікому не міг розповісти про те, що бачив.

Had he told the truth they would have thought he had gone mad.

Якби він сказав правду, вони б подумали, що він збожеволів.

So he secretly wrote of what he knew before death came.

Тож він таємно писав про те, що знав, перш ніж прийшла смерть.

"Death would be a boon if only it could blot out the memories."

«Смерть була б благом, якби тільки вона могла стерти спогади».

That was the document Johansen left behind.

Це був документ, який залишив Йогансен.

And now I have placed this document in the tin box.

А тепер я поклав цей документ у бляшану коробку.

In the box is also the dream carved bas-relief.

У коробці також знаходиться різьблений барельєф мрії.
And I have included the papers of Professor Angell.
І я включив документи професора Енджелла.
With this box shall go this record of mine.
З цією скринькою піде і цей мій запис.
These notes have become a test of my own sanity.
Ці нотатки стали випробуванням моєї власної розсудливості.
But I hope my discoveries are never be pieced together again.
Але я сподіваюся, що мої відкриття ніколи більше не будуть зібрані докупи.
I have looked upon all that the universe has to hold of horror.
Я оглянув усе, що всесвіт може приховати від жаху.
But now even the skies of spring are darkness to me.
Але тепер навіть весняне небо для мене темрява.
Even the flowers of summer are forever poison to me.
Навіть літні квіти для мене назавжди отрута.
But I do not think my life will be long.
Але я не думаю, що моє життя буде довгим.
As my uncle went, so shall my end come.
Як пішов мій дядько, так прийде і мій кінець.
As poor Johansen went, so shall my time come.
Як пішов бідний Йогансен, так прийде і мій час.
I know too much, and the cult still lives.
Я знаю забагато, а культ досі живе.
Cthulhu still lives, too, I can only suppose.
Ктулху теж досі живий, можу лише припускати.
I assume Cthulhu is again in that chasm of stone.
Гадаю, Ктулху знову в тій кам'яній прірві.
The city which has shielded him since the sun was young.
Місто, яке захищало його з юних зоряних пір.
I know his accursed city is sunken once more.
Я знаю, що його прокляте місто знову затонуло.
The crew of the Vigilant sailed over the spot after the April storm.

Екіпаж «Віджіланта» проплив над цим місцем після квітневого шторму.

But his ministers on earth still worship his return.

Але його служителі на землі досі поклоняються його поверненню.

In lonely places they congregate around their idol.

У безлюдних місцях вони збираються навколо свого кумира.

And they bellow and prance and slay in satanic ritual.

І вони ревуть, гарчать і вбивають у сатанинських ритуалах.

He must have been trapped by the sinking of his black abyss.

Мабуть, його заманила в пастку чорна безодня, що занурювалася в нього.

Or else the world would by now be screaming with fright and frenzy.

Інакше світ би вже зараз кричав від жаху та шаленства.

Who knows how the end will come about?

Хто знає, як настане кінець?

What has risen may sink, and what has sunk may rise.

Що піднялося, може опуститися, а що опустилося, може піднятися.

Loathsomeness waits and dreams in the deep.

Огида чекає і мріє в глибині.

And decay spreads over the tottering cities of men.

І розпад поширюється по хитких містах людей.

A time will come where that city rises out the sea again.

Настане час, коли це місто знову підніметься з моря.

But I must not think about when that day will come!

Але я не повинен думати про те, коли той день настане!

I have one prayer if this manuscript outlives me.

У мене є одна молитва, якщо цей рукопис переживе мене.

I pray my executors put caution before audacity.

Я молюся, щоб мої виконавці ставили обережність вище за зухвалість.

I pray this manuscript meets no other eyes.

Молюся, щоб цей рукопис не зустрівся з кимось іншим.

Found among the papers of the late Francis Wayland Thurston, of Boston.

Знайдено серед паперів покійного Френсіса Вейланда Терстона з Бостона.

9 781805 725183